給我搖擺，其餘免談

意味がなければスイングはない

村上春樹……著

劉名揚……譯

目錄

希達・華頓

文風強韌的二等詩人

希達·華頓

（Cedar Walton，1934-）

生於德州達拉斯。爵士鋼琴手。原本在R&B的樂團中演奏，但服完兵役後加入了奇奇·葛萊斯（Gigi Grayce）、羅·唐納森（Lou Donaldson）的樂團。1961年加入了亞特·布雷基與爵士信差樂團（Art Blakey & The Jazz Messengers）。之後與山姆·瓊斯（Sam Jones）等合組三重奏，在電子樂器與自由爵士（free jazz）蔚為主流的時代中，依然堅守傳統的不插電爵士（accustic jazz）路線。

不分年齡或風格，若要我在如今仍活躍於樂壇的爵士鋼琴手中挑出一個最愛，第一個浮現在我腦海裡的名字就是希達・華頓。想必和我所見略同的同好（如果真的有）肯定是寥寥無幾。即使是爵士樂的重度樂迷，絕大多數鐵定不是對希達・華頓這名字沒什麼印象，就是從未好好聽過他的演奏，一般的反應頂多只會是「希達・華頓？嗯，是個還不賴的穩健鋼琴手」吧。

雖然希達・華頓的實力與資歷都是毋庸置疑，但至今未曾受到大多數爵士樂迷的青睞。若要以棒球選手做比喻，他大概就像個——這純粹是個比喻啦——太平洋聯盟二流球隊的第六棒二壘手。或許慧眼獨具的專家會給他相應的評價，但他就是那麼的不起眼。

梅爾・渥倫（Mal Waldron）也曾是個和他同樣不起眼的鋼琴手，但憑著一首〈孤獨〉（Left Alone）在爵士咖啡館攀紅，至少在日本也成了一個超有名的鋼琴手。遺憾（只能這麼形容吧）的是，這種奇蹟並沒有發生在希達・華頓身上。這讓我動起了藉這機會寫寫他的念頭，否則往後不知何時才能再有為文討論希達・華頓的機會。

在一九六三年元月的亞特・布雷基與爵士信差樂團的日本演唱會上，我第一次觀賞到了希達・華頓鋼琴演奏。但在那場演唱會上，華頓依然是毫不起眼。畢竟除了男主角布雷基以驚人的音量死命擊鼓之外，還有喇叭手佛瑞迪・哈伯（Freddie Hubbard），次中音薩克斯風手韋恩・蕭特（Wayne Shorter），以及長號手寇帝斯・福勒（Curtis Fuller），悉數是年輕又具爆發力的第一線樂手，個個都搶走了希達・華頓的鋼琴演奏不少風采。說老實話，他當時的演奏是個什麼模樣，連我自己也幾乎都不記得。和爵士信差樂團的前任鋼琴手巴比・提蒙斯（Bobby Timmons）那豪邁、funky的演奏風格相比，即使形容得再客氣，華頓的鋼琴演奏都只能以「缺乏特色」來形容。

第二次聽到他的現場演奏，則是在十二年後的一九七四年十二月，在聖誕節的前兩天，地點是新宿的「Pit Inn」。當年我二十五歲，已經是個腦子裡塞滿自以為是的音樂配方的爵士樂迷了。當時的我對希達・華頓這個鋼琴手並沒有多大興趣。就我從聲望（Prestige）唱片公司所發行的幾張個人專輯裡頭所聽到的，並不覺得他是個多傑出的鋼琴手。當時的華頓老是在許多所謂「主流派」樂手的錄音場次（recording session）裡跑龍套。雖然因此躋身忙碌鋼琴手之林，但總是扮演一個不起眼的配角，雖然常露臉，存在感卻依然稀薄，幾乎想不出他有任何教人印象深刻的獨奏。與其說他是個當紅炸子雞，印象中他還比較像個隨時聽人差遣的場次鋼琴手。比起和他同期出身、卻得以躍居第一線的麥考伊・泰納（McCoy Tyner）或賀比・漢考克（Herbie Hancock）清新強烈的演奏風格，他給人的印象實在是矮了一大截，總是教人覺得不痛不癢。

不過，實地聽過後，竟然發現他的演奏不僅超出我原先所預期，甚至還熱烈鮮明得令人驚訝。當時他與貝斯手山姆・瓊斯、鼓手比利・希金斯（Billy Higgins）組成的三重奏，並沒有什麼複雜的花招，純粹是樸素至極的正統鋼琴三重奏，但三人在台上的呼吸是那麼的一致，每個人奏出的樂聲全都是自發、卻也圓滿地交融在一起。而且這些樂聲的合奏竟然是那麼的鮮明生動，彷彿用肉眼都能看得到。由於三人在音樂的基本概念上十分一致，因此在演奏上的前後、主從交替時完全沒產生分毫紊亂，樂聲中毫不帶一絲紛擾渾濁。

這教當時的我深刻體認到要論斷音樂的好壞，果然非得聆聽現場演奏不可。聽唱片雖然方便，但很多東西還是非得實際到現場才聽得出來。有些音樂就非得像華頓的音樂一樣，在小而親密的爵士俱樂部裡擠在前排聆聽，才聽得出它的好。他並不屬於那種適合在寬敞的演唱會場裡正襟危坐地欣賞的演奏家。他所創造的，是需要聽眾以肉眼觀察每個音符的浮動、切身感受他呼吸的節奏後，才聽得出價值的、內省式的音樂。雖然當時的演奏後來被灌成了唱片，並由日本的東風唱片（East Wind Label）發行。但我還是覺得在那個十二月的夜裡實地聽到的現場演奏，魄力要比唱片裡所聽到的（雖然也很不錯）要強個兩到三倍。

一個真摯誠實、風骨凜然的二等詩人（minor poet）——這就是希達・華頓當晚給我的印象。吉行淳之介老師①常宣稱自己「本質上是個二等詩人」，或許兩者之間有著那麼點類似吧。雖然從未寫過劃時代的巨大長篇小說，但在創作需要敏銳感性的精緻短篇小說、或宛如一個罩了層薄紗的親密空間的中篇小說時，寫出的風味卻是無人能及。不消說，震撼人心的音樂或文字，其價值是絕對無法以物理上的大小來衡量的。

不僅限於樂手和小說家，雖然為數不多，但世上還真有這種人存在：平常沉默寡言，鮮少積極舉手發表意見，表現得並不搶眼，但每逢重要時刻，他卻會倏然起身，簡單扼要地說出正確的意見。雖是短短的三言兩語，意義卻重大深遠。把話說完後，他又會坐回位子上，再度靜靜地聆聽其他人的意見。這種人讓人覺得因為有他們的存在，世界的重心方能被微調至正確位置。希達．華頓正是屬於這種類型的樂手。才氣洋溢的狂野爵士樂手雖然魅力無窮，但若少了希達．華頓這種實力雄厚卻「深藏不露」的角色，爵士樂不知會不會因此少了幾分肌理與深度？

另外，在翌日的二十四日，渡邊貞夫加入了這三重奏，一同在台上演出了一場四重奏。就當時錄製的唱片裡所聽到的，這場演奏也是同樣精采。由於事前沒照過面，也無法太強求，華頓與渡邊貞夫在方向上的微妙差異，使得這場搭配演出缺乏耐得住長期考驗的說服力，但不難想像若有幸在現場聆聽，肯定教人大喊痛快。可惜當時我有事纏身，無法親赴現場欣賞，實屬遺憾。

當時的鋼琴三重奏大致上可分為比爾．伊文斯（Bill Evans）型、麥考伊．泰納型和奧斯卡．彼德森（Oscar Peterson）型三大類型〔賀比．漢考克和奇斯．傑瑞特（Keith Jarrett）當時似乎還有刻意迴避三重奏這種演奏模式的傾向〕，但希達．華頓的三重奏完全不同於上述的任何一種類型，因此給人一種「原來還有這種演奏法」的新鮮感。他那清脆中帶強韌的右手指法、與誇張積極的架勢帶來的狂飆（drive）感雖然來自巴德・鮑威爾（Bud Powell）的直接影響，但其中蘊含的知性與調式的句法（modal）的分句（phrasing）卻明顯受過新世代的洗禮，他的魅力就來自於這兩種風格的共存與融合為聽眾帶來的莫名驚喜。由於他並不屬於炫耀技術的類型，也不曾以鮮明獨特的個人風格示人，在漫不經心的聆聽中往往容易教人忽視。但只要用心傾聽他的演奏，就不難聽出其中其實蘊藏著特徵獨具的「希達・華頓曲風」或「希達・華頓模式」。此時這位堅持走自己的路，在一個與世間流行完全無緣的角落靜靜摸索著自己的風格的樂手，便會讓你感到由衷佩服。

希達・華頓於一九三四年出生於德州達拉斯。母親是個鋼琴老師，因此兒時曾受過正規的古典音樂訓練。在R&B的樂團裡演奏過一陣子後，他便立志成為爵士樂手，而在一九五五年赴紐約求發展，但一到那兒就被徵兵，度過了兩年軍旅生涯。退伍後，他在紐約混了一陣子，先是和奇奇・葛萊斯攜手演奏、接著又加入德州同鄉肯尼・多罕（Kenny Dorham）的樂團、與羅・唐納森一同演出、接替湯米・佛萊納肯（Tommy Flanagan）成為傑傑・強生五重奏（J. J. Johnson Quintet）的頭號鋼琴手。他在這個樂團裡活動了兩年，為樂團提供了幾首優秀（但同樣是毫不起眼）的原創曲。

告別傑傑・強生的樂團後，他加入了亞特・法莫（Art Farmer）與班尼・高森（Benny

Golson）所主宰的爵士樂團②，在其中活動了一年多。接下來他接替了巴比・提蒙斯，於一九六一年夏加入了亞特・布雷基與爵士信差樂團，並於一九六三年造訪日本，讓當時還是個中學生的我有幸在神戶的演奏會上一睹他的風采。

如何？對一個爵士樂手來說，這資歷已經夠顯赫了吧？所參加的每一個樂團在當時都是第一流的大師級團體。但即使如此，不管在哪個團裡活動，這位先生的演奏都同樣沒引起過世人側目。像這樣的例子可還真是少見哪。他隨爵士信差樂團活動了三年，期間並兼任該團的唱片製作人，為樂團編、寫了許多曲子。他兩支原創曲〈雨月〉（Ugetsu）與〈馬賽克〉（Mozaic）的曲名，甚至還成了專輯名稱。但不管表現是多麼出眾，聚光燈就是沒打到他身上。很遺憾的，希達・華頓雖然擁有第一線的作曲才華，也寫下了多首優美且令人難忘的曲子，但他的作品在旋律上就是不如喬丹公爵（Duke Jordan）等人所作的曲子般令人印象深刻。

六〇年代中期，他與爵士信差樂團訣別單飛，成為自由樂手，並以微薄的酬勞（應該是不高吧）四處為人充當槍手後，華頓終於在一九六〇年代末期獲得灌錄個人專輯的機會。他所推出的第一張是名為《希達！》的專輯，演奏成員為由舊識的小號手肯尼・多罕、次中音薩克斯風手傑尼・庫克（Junior Cook）組成的五重奏。不過這陣子的肯尼・多罕嗜毒成性，狀況十分不穩定，再加上傑尼・庫克又是個風格一直無法聚焦的樂手，因此老實說，這個陣仗的魅力其實是略顯不足。整體音樂風格頗為模糊、缺乏統一感、節奏又顯得有點拖泥帶水，而且比利．希金斯的表現還略嫌用力過猛。專輯中有四首曲子為華頓所作，雖然每一首都是饒富個性的佳作，可惜演奏並沒有為它們做出適當的詮釋。

至於華頓自己的鋼琴演奏，也不知道是不是因為不習慣當龍頭，聽起來總是不夠大膽，遠不及他一貫的豪邁與流暢。也或許是因為他的演奏風格在此時還發展得不夠明確，不過想必兩者都是原因。雖然《強拍》（*Down Beat*）雜誌給了這張專輯頗高（四顆半星）的評價，但總讓人感覺這評價包含了對華頓譜曲才華的讚賞，以及長期受過低評價的同情。現在聽來（不，在當時聽來也一樣），這張專輯活像一個沒睡好的樂手在吃早飯前錄製的作品。雖聽得出野心不小，成果卻是虎頭蛇尾。

後來到一九七〇年為止，華頓又推出了三張個人專輯，悉數由唐．休利頓（Don Schlitten）製作、聲望唱片發行，可惜沒有一張的品質值得注目。由布魯．米契爾（Blue Mitchell，小號手）與克里佛．喬丹（Clifford Jordan）兩位年輕管樂手打頭陣的《光譜》（Spectrum），內容和前作比起來要來得積極些。華頓在專輯同名曲〈光譜〉中的長獨奏也是一大壓軸。但由於樂風是受霍瑞斯．席佛五重奏（Horace Silver Quintet）強烈影響的funky風格，使得希達．華頓這位演奏家的價值沒能真正發揮。到頭來不過是尾大不掉地拖著硬式咆哮爵士（Hard Bop）的殘渣，沒能為他開創出一個新的境界。

在接下來的兩張專輯中，希達．華頓在部分曲子裡演奏了電子琴。聽到這些唱片，不禁讓人為那個時代的主流派爵士樂手深感同情。反戰運動於全美越演越烈、反抗文化成為顯學、搖滾樂成了戰鬥前鋒的一九七〇年前後，是爵士樂手自信最低落的年代。失去了主流派的旗手約翰．柯川（John Coltrane），另一方的旗手邁爾士．戴維斯（Miles Davis）又毫不留情地投身搖滾路線，大半年輕人更是對主流爵士興趣全失。在這種狀況下，雖然華頓本著良心繼續摸索自己的方向，但受到唱片公司營業務方針的制肘，實在難以確立自己的風格。他在這個時代裡所推出的唱片，雖然每支曲子都不乏優點，但專輯整體總是欠缺統一感，聽來讓人覺得七零八落。若拿餐廳當比喻，它們就活像每道料理都還不錯，但菜色的組合出了問題，在彼此牽制下每一道都失去了原有美味的餐廳。

希達．華頓的聲望唱片時代就這麼在不斷的迷失中宣告結束。一般樂手若是出了四張個人專輯，多少已經發展出了該有的風格，但他卻沒這麼幸運；即使當上了龍頭，還是讓人覺得凡事依然聽人擺布。沒能擁有自己的樂團，每推出一張專輯都得換將，也成了他一統樂風的一大障礙。

希達．華頓終於開始發展出自己的樂風，是在他離開聲望唱片，在一九七二年以漢克．摩布利（Hank Mobley，次中音薩克斯風手）與查爾斯．戴維斯（Charles Davis，上低音薩克斯風／高音薩克斯手）兩位薩克斯風手打頭陣的五重奏陣容，在新生的圓石（Cobblestone）唱片公司旗下所灌錄的《突破！》（Break Through!）。雖然製作人和聲望唱片時代一樣是唐・休利頓，但華頓在此時的表現可要比聲望唱片時代要搶眼得多了。在此多少可以聽出他試圖擺脫不上不下的束縛，坦蕩蕩地擺出一種「既然要玩，就照該有的玩法把所有想玩的全玩一遍吧」的氣度。五位樂手大致上都同意把繁雜的理念擺一邊，好好吹（blow）個一番、飆（drive）個一番。結果品質雖然有些粗糙，時而教人懷疑「這些曲子該不會是只錄一遍就過關了吧？」但還是錄出了一張有幹勁的爵士專輯。至少不再像希達・華頓先前的個人專輯般，老是顯得不乾不脆。

或許是因為東家換成了圓石唱片這家小唱片公司，比起從前更有空間做些新嘗試的緣故，希達・華頓的鋼琴演奏在這時期終於得以重現昔日「新世代鮑威爾」的強力律動（hard drive）風情。大家漸漸聽得出他並不僅是個乖巧、知性的鋼琴手，該衝的時候還是會大力衝刺。這麼一來，一切就不難上軌道了。

雖然在這張專輯中，安東尼・卡洛斯・裘賓（Antonio Carlos Jobim）的巴莎諾瓦（Bossa Nova）與《愛的故事》主題曲都被當成「流行歌曲」看待，而且華頓在一些曲子裡仍在演奏電子琴，但這些為了銷售的保險動作並不損及整張專輯的創作理念。而且比方說，《愛的故事》主題曲的詮釋風格也是鏗鏘有力的帥氣，看來此時他已經擁有能自由自在地吸收這類要素的氣度。此時漢克・摩布利剛剛結束長達三年的歐洲生活（很可能是因為毒品相關的原因），回到紐約並重返樂壇，在這時期的演奏全都充滿一股陽剛的衝勁。查爾斯・戴維斯的音色有時有點嚇人，但在收束上的有失精準反而產生了良好的效果。在一九七四年的「Pit

Inn」演奏會後，我才聽到這張專輯，但它卻意外地成了我長年的最愛之一。專輯中的單純與粗糙，反而收到了教人百聽不膩的效果。

順帶一提，漢克・摩布利在這張專輯中的演奏是他最後一次錄音。而幾乎在同一時期，肯尼・多罕和李・摩根（Lee Morgan）等常與華頓結伴演奏的硬式咆哮時代巨星也相繼去世，而且個個都死於非命，爵士樂壇即將因此產生巨大變化。

之後華頓與休利頓這對搭檔隨即移籍繆思（Muse）唱片公司，但演奏的理念和方向依然朝更安定的方向發展。尤其是一九七三年錄製的現場演奏專輯《Boomer's之夜》（Night at Boomer's）（雙片裝），更是一張優秀的主流爵士作品。

這張專輯成功的原因非常清楚：一是在小規模的爵士俱樂部現場錄音，二是志同道合的克里佛・喬丹以特別來賓的身分參加了鋼琴三重奏的演奏。雖然喬丹並不是個以原創性著稱的樂手，也看不出任何這個缺非他莫屬的強烈理由（若要大家矇眼猜猜這個人選是誰，想必作答者看到他的名字一定會大失所望吧），但這個技巧扎實、品味卓越的主流樂手確實為華頓的音樂增色不少。在完美地融入其他鋼琴手的演奏之餘，他不時還能挾著一股熱氣為音樂加分。看來他們倆的音樂觀——或許就連在境遇上也是——一定有著某些共通點吧。

當時喬丹與華頓實質上似乎共同扮演著樂團龍頭的角色，其中任何一方都可能在某時成為主角，需要節奏組③時則就近找有空的樂手來參加；例如許多時候都會找比利・希金斯擔任鼓手、山姆・瓊斯擔任貝斯手。雖然畢竟成員都不是什麼大紅大紫的角色，因此一直沒能長期維持同樣的編制，但華頓這時也算是在紐約街頭築起自己專屬的班底了。

在這張專輯中，華頓已經不再演奏電子琴，招牌的「流行歌曲」也被削減到僅剩下巴特・巴卡洛克（Burt Bacharach）的〈這傢伙愛上了你〉（This Guy's in Love with You）。專輯中除了兩首分別為華頓與喬丹寫的曲子之外，剩下的悉數是有名的標準曲；例如〈聖湯瑪斯〉（St. Thomas）、〈奈瑪〉（Naima）、〈藍調孟克〉（Blue Monk）、〈星塵往事〉（Stella by Starlight）。華頓和喬丹表示：「我們是刻意選這些曲子的。因為我們並不想在這次錄音裡挑戰些什麼，只想盡可能地演奏得自然些。」位於格林威治村的爵士俱樂部「Boomer's」是他們常表演的場所，因此在演奏間不難聽出一股悠閒自在的氣氛。感覺上大部分聽眾應該也都是那兒的常客吧。

在一次訪談中，華頓被問到：「為什麼會演奏巴卡洛克的〈這傢伙愛上了你〉？是因為你很喜歡這首曲子嗎？」；他爽快地回答：「No。不過是剛好有聽眾點了這首曲子罷了。」或許這不造作的隨便就是這張專輯的魅力之一吧。琴聲的音質聽來有點刺耳（看來那台鋼琴應該是飽經歲月洗禮），得聽上一陣子耳朵才能習慣，但一旦聽慣了，應該就不難把這當成「現場錄音獨有的臨場感」來看待才對。

從表面上看來，華頓在這張現場專輯中的演奏似乎有「走回頭路」之嫌。乍看之下，他不過是以十分簡單的樂器組合，以及再熟悉不過的手法，將這些名曲演奏一遍罷了，其中絲毫找不出昔日的希達．華頓那「清淨澄澈」的韻味。但只要細心聆聽，就能聽出即使這些曲子再怎麼老掉牙，但他的琴聲卻以彷彿要穿破時空厚壁般的猛烈節奏，大膽地一路往下彈。這似乎是原本被定位為知性派鋼琴手的華頓，在之前的演奏中一直沒能妥善發揮的另一面。舉以鋼琴三重奏演奏的抒情曲〈一路到底〉（All The Way）為例，就能見識到華頓是如何以猛烈的指法，條理清晰卻不失說服力地重新詮釋出這首曾由法蘭克辛那區所唱紅的抒情名曲。所使用的和絃，也不僅局限在咆哮爵士的範疇內。但即使如此，原曲的韻味還是未損分毫，真是一段無懈可擊的完美演奏。雖然這麼說或許有些失敬，但湯米．佛萊納肯、漢克．瓊斯（Hank Jones）和巴瑞．哈里斯（Barry Harris）可是無法做出如此俐落的演奏的。有人將華頓譽為「爵士樂界的蕭邦」，但這種比喻所蘊含的浪漫室內演奏形象，在形容他的演奏風格上恐有誤導他人之虞。我覺得以「戰鬥性的二等詩人」來形容他那帶著幾分靜謐的硬派韻味，要來得恰當多了。

這幾張七〇年代裡在圓石與繆思旗下所發行的專輯，在繼續展現華頓在作曲與編曲方面的知性之餘，還讓大家注意到了他受到主流派洗禮後在即興風格——而且還即興得很俐落——的後期硬式咆哮鋼琴演奏上的才華。就結果而論，這為他的音樂帶來了正面的影響。這下他那原本因遷就於知性而顯得過於規矩的樂風，在保有原有的知性之餘，還獲得了更高的溫度與適度的攻擊性。雖然此時距離銷售上的成功尚有一大段距離，但他在確立自己的風格與地盤上已經是踏出了一小步。挾著由此獲得的自信，華頓在一九七四年十二月率領自己的三重奏來到日本，在東京的「Pit Inn」舉行現場演奏，並獲得在場觀眾的熱烈掌聲（如前文所述，我也是當時的現場觀眾之一）。

於繆思唱片錄音期間，他曾在一次採訪中表示：

「在美國，爵士樂的評價並不高。和古典音樂相比，層次要低個一兩級。不過，雖然我以這種小小的俱樂部為據點過生活，但希望大家不要以為這麼做純粹是為了餬口。在其他國家，情況可是完全不同的。例如我不久前偕亞特・布雷基到日本表演＊時，可見識到了爵士樂在全世界擁有的影響力是多麼的龐大。」

從這段發言中，不難理解華頓為什麼會挾高度自信在日本的樂迷面前獻藝。而他在日本的舞台上演奏時所綻放的火熱，想必就是這股熱情與自負的反映。和在「Boomer」時不同，他在日本的演奏會上積極地表演自己作的曲子，並獲得了優異的成果。例如在〈甜蜜星期天〉（Sweet Sunday）、〈三得利藍調〉（Suntory Blues）、與〈D幻想〉（Fantasy In "D"）的演奏中，他作曲的原創性與堅實的琴藝完美地相輔相成。另外一首〈沒了歌唱〉（Without A Song）雖然不是他自己的作品，但編曲的品味也是值得讚賞。不管聽多少遍，他改編「歌唱曲」的能耐都讓人不由得由衷佩服。

在一九七〇年代後半，華頓又推出了許多張優秀的專輯，著實地逐步確立了自己的地位。雖然由CBS或RCA等大公司推出的華頓個人專輯大多是缺乏重點的凡庸之作，但由小公司，尤其是歐洲或日本的小唱片公司所製作的作品中，卻產生了不少佳作。就這點看來，美國的唱片公司長期以來（或許至今仍是如此）似乎都沒能理解華頓的音樂的真正價值。

在他七〇年代的演奏中，我最鍾愛他帶領貝斯手雷・布朗（Ray Brown）、鼓手艾爾文・瓊斯（Elvin Jones）的大卡司於七七年錄製的《獻給李斯特》（Something for Lester，當代唱片）。他在這張專輯中的演奏實在是完美無瑕；雖然是自信滿滿，但卻不搶著出風頭，而是細心傾聽布朗與艾爾文的呼吸，工整扎實地彈著琴。這種演奏可不是人人都彈得來的，而且與雷・布朗、艾爾文・瓊斯兩位超級巨星同台演出，也絲毫沒教他怯場。

當初向唱片公司表示希望邀華頓參加鋼琴三重奏錄音的，是領隊雷・布朗。曾任米爾特・傑克森樂團（Milt Jackson Band）成員之一的他兩度與華頓赴日公演，當時就迷上了他的演奏。布朗曾表示：「在過去幾年間和我一同表演的鋼琴手中，最傑出的絕對非希達莫屬。」最懂得欣賞華頓的琴藝的，或許就屬這種樂界同行了吧。

他曾於一九七五年與山姆・瓊斯、比利・希金斯組成三重奏，再加上喬治・柯爾曼

（George Coleman）共同組成一個名叫「東部暴動」（Eastern Rebelion）的樂團（這當然是取知名的愛爾蘭「復活節暴動」（Easter Rebelion）的諧音），在荷蘭的永恆（Timeless）唱片公司錄製作品。「東部暴動」雖然成員屢有更迭，但還是活動了很長一段時間。說起來他們走的是貫徹七〇年代的「東岸主流派之道」路線。雖然演奏內容均有一定水準，作品中不乏值得玩味的佳作，但說實話內容並沒有多少革新性，加上第一線成員更換頻繁，阻礙了這個樂團維持一貫的音樂理念，多少顯得有些名過其實。

另外，華頓也曾於一九七七年邀請次中音薩克斯風新秀鮑伯・柏格（Bob Berg）加入他的四重奏，一同為丹麥的超越障礙（SteepleChase）唱片公司做現場錄音。地點是哥本哈根的「Montmartre」。這可是一場演奏熱騰騰的精采演奏，尤其是聽到《第二輯》（Second Set）裡的〈甜蜜星期天〉那近乎二十分鐘的熱烈演奏，總是教人不由得驚嘆：「對！就是這樣！這就是希達・華頓的音樂！」首先是身子會突發性地地開始擺動，接著是腦袋隨之搖晃，教人覺得這才是華頓這個樂手應該有的樣子。在熱烈彈奏之間不自主展露的創新與知性，想必這才是華頓的琴藝真正蘊藏的韻味吧。

如今聽來，這種自然、自發的創新，說得率直點，要比昔日的「新主流派」巨星漢考克、麥考伊，或奇斯・傑瑞特那種過度拘泥於固有模式，有時聽來教人窒息的演奏風格要來得好。看來人生際遇的浮沉果真難料。雖然掛著新風格的華頓依然沒大紅大紫，得等上一段漫長歲月方能得到世人讚美，但他既沒有陷入固有風格的陷阱，也沒偷安於熟悉的演奏方式，而是誠實地以自己的步調琢磨他的音樂。聆聽他的音樂時，可以感覺到音樂世界的奧妙，宛如置身一個通風良好的地方，需要時隨時都有新鮮空氣順暢流入。所以不論聽多久，都不會讓人感到疲憊。

或許以「大器晚成」來形容希達．華頓是最貼切不過的。近年他終於得以發表許多個人專輯，其中幾乎沒有一張聽了會教人產生任何質疑。雖然這些作品有些較知性，有些較具體，但每張聽來都讓人覺得很有道理。老實說，他在管樂手的人選上有時不免教人納悶（不知這是因為他原本就喜歡B級管樂手，還是選擇範圍受限的緣故……），但就一個鋼琴手來說，他不會用力過猛，也不會火力不足，而且該說什麼全都乾淨俐落地交代得一清二楚，終於開始展露出該有的大將之風。雖然他的音樂和「影響力」這個字眼似乎無緣，但近年聽到年輕鋼琴新秀的演奏時，有不少時候會質疑：「這不過是延伸（或者是蹈襲）了希達．華頓長年耕耘的路線罷了吧？」

不過即使到了今天，這位先生依舊不改他那不起眼的特質。一提起他，許多爵士樂迷仍舊會覺得「對對，差點忘了還有希達．華頓這個人。」在許多人的心目中，他依然只是個實力派的中庸鋼琴手。雖然多少教人為他感到遺憾，但這或許是他與生俱來的個性使然，而我覺得這也沒什麼不好。有人說希達．華頓的演奏太缺乏爵士樂該有的耍壞特質，或許這算是個正確的評語，我也不打算提出任何反對意見。但請各位仔細想想，自從約翰．柯川辭世後，除了邁爾士．戴維斯的幾張專輯以外，咱們哪有聽到什麼真正「耍壞」的爵士作品？不管我們喜不喜歡，畢竟我們就是生在這麼一個時代。即使如此，我們——至少我自己是如此啦——還是把爵士樂繼續聽下去。有時我會懷疑，在討論爵士樂這種音樂的時候，我們是不是已經到了一個與其只評論供我們選擇的內容的好壞，還不如評論這些內容的篩選方式的好壞的時候了？

總而言之，我就是喜歡華頓這種雖身為知性的模範生，同時卻帶有一股冷冽、敏銳的獨特韻味的風格，也喜歡他的演奏中偶爾冒出的執拗且不祥（ominous）的音色（在我聽來，這也是一種「耍壞」精神的誠實餘韻）。對我來說，希達・華頓這位鋼琴手一路走來都是個不造作、又擁有強韌文風的二等詩人。想必他這種風格在今後依然會——雖然是靜靜的——繼續讓我為之著迷。

＊原書註：一九七四年的爵士信差樂團復活演唱會。

①譯註：吉行淳之介（1924-94），一九五二年以榮獲芥川賞的《驟雨》躍上文壇的日本文學大師。

②譯註：全名為亞特・法莫／班尼・高森爵士樂團（The Art Farmer/Benny Golson Jazztet）。

③譯註：節奏組（Rhythm Section），指提供基本樂器伴奏的樂手組合，一般編制上有鋼琴、貝斯、鼓手，有時還加上電吉他。

CEDAR!

布萊恩・威爾森

南加州神話的消逝與復活

布萊恩·威爾森

（Brian Wilson，1942-）

出生於加州。1961年於潘德頓（The Pendeltones）及卡爾與熱情（Carl and the Passions）兩個樂團中演奏，後來兩者結合成海灘男孩合唱團（The Beach Boys），並於同年推出處女作，成為60年代衝浪／改裝跑車（Hot Rod）音樂風尚的開山始祖。後來歷經漫長的低迷期，又於1998年以專輯《想像力》（Imagination）復活。2004年並讓昔日未發表的專輯《笑容》（Smile）重見天日，蔚為話題。

充滿活力的小四弦琴（ukulele，又譯「烏庫雷雷」）演奏家傑克・島袋（Jake Shimabukuro）的暖場表演結束後，我抬頭仰望天際，只見沉重的黑暗，已將黃昏時分的淺藍天色擠到了山邊，也看不到半顆星星。舞台上，幾個身穿制服的工作人員正在裝設樂器、檢查PA（專業音響播放器材）裝置。接著就在布萊恩・威爾森的表演即將登場時，天上突然落下點點雨滴，開始下起一場薄霧般的濛濛細雨。觀眾們抬起頭來，瞇著眼睛定睛一瞧，看到燈光下的無數細線果然真是毛毛雨。威基基的小雨並不會下多久。大家都樂觀地認為這場雨很快就會止息（在威基基，漫漫長雨就好像肥胖的衝浪玩家一樣罕見），但雨勢卻有逐漸增強的趨勢。這天是二〇〇二年十二月五日，地點是卡匹歐拉尼（Kapiolani）公園內的露天演唱會場「威基基露天音樂廳」（Waikiki Shell）。

雨水也落進了我手持的碩大白色塑膠杯，混進了杯中的生啤酒裡。細雨慢慢地浸溼了我穿在身上的T恤、戴在頭上的棒球帽，以及踩在腳下的草地。雖然沒什麼好自豪的，但當天我完全沒準備雨具。直到二十分鐘前為止，我還在享受著舒適的熱帶夕暮時光，天上原本連一朵烏雲都沒有，沒想到這裡的天候竟會變得這麼快。不過也無所謂啦，我心想。不論是刮風還是下雨，不都是讓咱們證明自己活在這世上的天然證據？不管它們何時來、何時走，咱們不都只能默默承受？布萊恩・威爾森的音樂也是如此。演奏的他和聆聽的我們（至少我是如此）之間有著某種關連，而這關連總是在某個特定時間、特定空間裡產生的；其中當然會有風，也會有雨。

這場假「威基基露天音樂廳」舉行的布萊恩・威爾森露天演唱會，是檀香山馬拉松大賽的賽前活動。凡是馬拉松的參賽者，只要繳交十五美元就能欣賞這場演唱會。活動中除了提供吃到飽的飲食和喝到飽的啤酒，還有這場布萊恩・威爾森的演唱會，總共只需要十五美元，如此良機怎容錯過？說老實話，我之所以報名參加這次的檀香山馬拉松大賽，其實幾乎可以說是衝著這場演唱會而來的。由於已經作好翌年四月參加波士頓馬拉松賽的準備，因此在幾個月前到檀香山跑一趟，實在說不上是個聰明的決定（主要是因為我習慣每一季只跑一場馬拉松），事前準備也完全不充分。但這次我實在無法再堅持自己的原則，因此馬上報名參加檀香山大賽，拿到了布萊恩・威爾森演唱會的門票。十二月一到，馬上將慢跑鞋塞進行李箱裡，毫不猶豫地前往成田機場，搭上了前往檀香山的班機。

這並不是我第一次聽到布萊恩・威爾森的現場演唱，之前已有好幾次為了他的演唱會而上東京的經驗了。至於表演曲目，這次和以前應該不會有太大的不同。布萊恩・威爾森樂團的演出，大都遵循著既定的順序。其實布萊恩・威爾森並不是個注重即興演出的樂手，基本上不分今昔，他的音樂重視的都是原始架構的精妙重現。因此期待在他的演出中看到什麼

「意外」，註定只是徒然。但再怎麼說，在夏威夷的夜空下聆聽布萊恩・威爾森的音樂，畢竟是個不容錯過的機會。這次的安排絕對比在東京那些一本正經的音樂廳裡更適合欣賞他的演出，再加上地點還是在夏威夷。因此我才會和為數眾多的參賽者一同淋這這場濛濛細雨，一小口一小口地啜飲著啤酒，靜待這場演唱會揭開序幕。

第一次聽到海灘男孩合唱團的音樂，記得是一九六三年的事。當年我十四歲，聽到的曲子是〈美國衝浪〉（Surfing USA）。從桌上的小型SONY電晶體收音機裡首度聽到這首流行歌曲時，我簡直驚訝得啞口無言。這種我一直渴望聽到、卻老是無法具體描述出是什麼模樣、什麼感覺的特殊樂風，竟然被這首曲子毫不矯飾地詮釋了出來。這種曲風非常自然、同時卻也異常強韌，音樂的構造十分單純、同時卻也帶著極為精緻的情緒。教我為之著迷的，想必就是這種並存的強烈對比吧。說得誇張點，它帶給我的衝擊，簡直好比後腦勺被人以某種柔軟鈍器狠狠敲了一記。「我想聽的是什麼樣的音樂，這票傢伙怎麼會這麼清楚？」當時我心想。這票傢伙就叫「海灘男孩合唱團」。從那時起，海灘男孩合唱團就成了我青春年華的重要象徵，或極度迷戀的對象（obsession）之一。之後我便無怨無悔地在海灘男孩的陪伴下度過了一段黃金歲月。〈爽爽爽〉（Fun Fun Fun）、〈我四處逛逛〉（I Get Around）、〈衝浪女郎〉（Surfer Girl）……。

當年我住在神戶附近一個沿海小鎮裡。那是個寧靜的小鎮。每到黃昏，我都會牽著狗到附近的海岸散步，但那一帶的海浪並不大。在瀨戶內海衝浪是一種介於「相當困難」和「絕不可能」之間的行為。好多好多年後，我才第一次看到衝浪板。說明白點，當時的我是個住在與衝浪完全無緣、卻熱愛衝浪音樂的樂迷，但相信這居住地區上的障礙，並沒有妨礙我理解他們的音樂。理由是——這是日後才知道的——海灘男孩的主唱布萊恩·威爾森雖是南加州出身，但就連他也因為怕下海，這輩子都沒衝過一次浪。

毫無疑問的，布萊恩·威爾森絕對是搖滾樂這種音樂領域所孕育而出的天才之一。好比一個懂得如何藉說故事鼓舞聽眾情緒的說故事高手，他也懂得如何以音樂鼓舞我們的情緒。他能以魔術般的手腕詮釋音樂，讓我們深深為他的音樂著迷。沒錯，光是做到這點便已經是個豐功偉業了。但布萊恩·威爾森更懂得如何將這些鼓舞人心的音樂作階層性的組合，在我們眼前譜出一個更深入、更多元、更原創的音樂世界。經過了數十年，如今他的用意已經更容易為人所理解，教我們得以體認「原來他的努力，到頭來就是為了這個呀」。這不僅讓我們接受了他果真是個天才的事實，同時對他更是心懷敬畏。

不過，當時的情況並非如此。完全不是如此。對大多數人來說，布萊恩·威爾森不過是個自寫自唱地創作了幾首讓人朗朗上口的泡泡糖音樂的流行歌手，充其量不過是個趕時髦的消耗品。借用一句後來加入該團的布魯斯．強司頓（Bruce Johnston）的名言，海灘男孩在大眾眼裡不過是個「愛衝浪的桃樂絲．黛」（Doris Day）。而這群大眾也拒絕接受布萊恩．威爾森在日後發展成一個成熟的音樂家，在音樂創作上降低流行性，轉而追尋精神上的深度。他們對布萊恩．威爾森所創作出的新音樂視而不見、極力抹殺、有時甚至表現得憤慨不已。

如今只要稍作回顧，不難發現海灘男孩故做清純地歌頌著陽光、波濤、金髮美女、高級跑車，以南加州神話象徵的姿態風靡全球的時期，不過佔了他們漫長生涯的頭幾年。自從發表了《寵物喧鬧》（Pet Sound）之後，海灘男孩開始追求的是一種可以稱其為「美式本土前衛搖滾」（American Homemade Progressive Rock）、以更具普遍性的事物為主題的特殊音樂風格。不過布萊恩．威爾森在這方面的努力以及衍生而出的音樂概念，卻明顯地成了時代的先烈。「純真的衝浪樂團」這個標籤，就成了他們一輩子甩不開的烙印。而人們的不願理解，更深深傷了布萊恩．威爾森的心，逼得他為了逃避現實而濫用藥物，摧毀了他人性中許多的美好部分。

布萊恩．威爾森是孤獨的。他的腦海裡總是充滿值得引薦給世人的音樂與靈感，而這一切都來自他與生俱來的靈性。在這層意義上，布萊恩．威爾森可以被歸類成舒伯特這類渾然天成的音樂家。他是個天性好追求美好事物、比起思惟更重視直覺的音樂家。而且也和舒伯特一樣，不擅長隨現實考量抑制自己洋溢的才華。他是那麼的天真無邪、容易受傷害，因此被迫不斷在自信與失望、進取與自毀、秩序與渾沌之間作不安定地游移。

「布萊恩是個神經十分敏銳的人。」他弟弟卡爾・威爾森（Carl Wilson）曾如此說道：「他勉強活在一種異常纖細的均衡中。不管怎麼想，他這種人都不該毫不節制地靠LSD度日。」

在一九七一年推出的專輯《衝浪季節》（Surf's Up）裡頭那首悲愴、灰暗、卻又優美得教人心醉的名曲〈直到我凋逝〉（Til I Die）中，他曾如此赤裸裸地唱出自己的心境：

我是洋上的軟木塞，（I'm a cork on the ocean）
漂浮在洶湧波濤間……。（Floating over the raging sea）
我是風中的樹葉，（I'm a leaf on a windy day）
轉眼即將隨風飄去。（Pretty soon I'll be blown away）

布萊恩一直渴望獲得父親的承認與理解，但他父親是個不得志的作曲家，基於可能連自己也沒察覺的嫉妒與憤怒，只曉得不斷傷害、咒罵、誤導這個才華洋溢的兒子，一次又一次地讓他喪失自信。他也可能是出於善意，但即使如此，這也是個出於錯誤善意的錯誤行為。擔任他經紀人的父親未曾和作曲的兒子商談，便在一九六九年將布萊恩寫過的所有曲子悉數低價賤賣。「你寫的曲子已經幾乎沒價值了，現在不賣更待何時？」他父親如此表示。這打擊讓布萊恩一輩子無法從傷痛中平復。

同為樂團成員的兩個弟弟和一個表哥，為爭取樂團經營的主導權總是紛爭不斷。樂團的第二把交椅麥克・洛夫（Mike Love）曾將布萊恩嘔心瀝血的傑作《寵物喧鬧》酷評為「給狗聽的音樂」。唱片公司高層對音樂性漠不關心，只懂得追求銷售成績，並以合約綁架樂團，能從他們身上搾取多少就搾取多少。為了錢，許多古里古怪的人物如蒼蠅般簇擁著這個樂團。處處充滿著背叛、欺瞞。到了六〇年代後半，隨著越南戰事陷入泥沼，反抗文化成了顯學，以前衛自詡的歌手們紛紛斥海灘男孩的音樂為退流行的代表。吉米・罕醉克斯（Jimi Hendrix）曾高聲宣布：「海灘男孩早就沒人要聽了。」不消說，這種嘲諷當然傷透了布萊恩的心，也讓他如同沙林傑（J. D. Salinger）般，一步步退回了孤高的內省世界裡。

當然，初次聽到一九六六年的《寵物喧鬧》時，我並不認為那是「給狗聽的音樂」。這張專輯有一部分美德簡直是樸直至極，收錄了好幾首令人愛不忍釋的好歌。不過，就和當時大多數人一樣，我也無法完全理解、接受整張專輯。說老實話，這張專輯裡的音樂已經超出了當時的我所能理解的範圍。聆聽這張專輯時，我總會不由得疑惑：「壞是不壞，完全不壞。可是昔日那快活、流暢、搖擺得教我癡迷的海灘男孩到哪裡去了？」。當時的我有種近似「受騙了」的感覺。想必當時的歌迷們或多或少都有同樣的感想吧。

雖然披頭四（The Beatles）在同一時期推出的《花椒軍曹》（Sgt. Pepper's Lonely Hearts Club Band）同樣是饒富深度、擁有足以改寫搖滾樂史的強大威力的音樂，但並未讓任何人有受騙了的感覺。因為披頭四原本就被界定為「叛逆的藍領青年」，雖然同是人氣偶像，但並不被當成「來自利物浦的桃樂絲・黛」。因此他們戲劇性的風格轉換，在某種程度上得以為大家所接受。再者，就音樂性質而論，《花椒軍曹》裡蘊含的也是一眼便辨識得出的普遍性世界觀。這大多得歸功於約翰・藍儂（John Lennon）與保羅・麥卡尼（Paul McCartney）兩位才子的和平共存。他們倆合組樂團，相互競爭、牽制、客體化，並在這些過程中一次又一次地孕育出更具威力的成果。但相反地，布萊恩・威爾森卻得孤獨地走過這段進化歷程。他幾乎可說是樂團中唯一的創作者、僅有的發電機。他只能孤零零地隻身朝自己的內心世界探索，也因此讓他的創作成果變得更個人化、更難理解、有時甚至和周遭的時空產生不小的落差。

對我來說，不，想必也對其他任何人來說，《寵物喧鬧》要比《花椒軍曹》還要來得艱澀難解得多。要理解《花椒軍曹》這張專輯的價值與革新性十分容易，但大家卻必須經過漫長的時空調整，才能體認到《寵物喧鬧》這張專輯原來是多麼優秀、蘊含多少奇蹟式的深度，以及到底有多麼創新。具體來說，這需要經歷一個十年、乃至二十年的漫長等待。在我（和全世界）終於懂得欣賞這張專輯的價值時，布萊恩已經被毒品和精神衰弱給摧殘得幾乎得退出樂壇，再也無法拋頭露面、引吭高歌了。

《寵物喧鬧》這張專輯已經有太多人為文討論過。故我在此打算談談兩張海灘男孩較少為人提及的專輯，分別是一九七〇年八月發行的《向日葵》（Sunflower）與翌年九月發行的《衝浪季節》。

海灘男孩所主持的兄弟（Brother）唱片公司，在一九六八年與當時狀況不佳的開比特（Capitol）唱片解約，轉而與華納兄弟唱片旗下的再現唱片（Reprise）簽下新約。再現唱片是個歷史較淺的新品牌，讓他們得以放手做些革新性的嘗試。開比特唱片在六〇年代後半為他們推出的一系列唱片，雖然有部分在音樂業界獲得好評，但在銷售上並沒創下多少佳績，任誰都看得出海灘男孩的人氣已開始下滑，因此此時換個東家，理應是個重新出發的大好機會。

當時布萊恩的健康狀況並不理想，不僅體重直線上升，濫用LSD也導致他的行為日益失控。即使如此，整個樂團在音樂創作上的士氣卻是出人意料地高昂。雖然不再能如往昔般在銷售排行榜上稱雄，但巡迴演唱的評價依舊居高不下，看起來依然有更進步、更成熟的空間。在維持招牌樂風的同時，他們也積極攝取六〇年代反抗文化的要素，試圖賦予海灘男孩一個新形象。他們的目標是同時保有時髦與知性兼具的音樂性、與大眾化的人氣。雖然布萊恩的創作精力已不如昔日旺盛，但他依然能譜出魅力十足、品質穩定的曲子，團裡的其他成員也紛紛開始作起曲來。布萊恩的領導、創作能力的相對低下，讓樂團中形成一種真空狀態，卻也賦予其他成員活躍的空間。這種狀況刺激了他們的創作慾，就這層意義上來說，整個樂團可說是籠罩在一種健康的、民主的氣氛下。大家不再仰賴布萊恩一個人的努力，個個變得（雖然是被迫）比以前更積極進取，紛紛開始摸索起自己的潛力來。

如今聽來，布萊恩之外的其他成員所譜的曲子其實也頗值得玩味。威爾森家的另外兩位弟弟，尤其是老二的丹尼．威爾森（Dennis Wilson）在歌曲創作上的潛力尤其引人注目。他所寫的歌裡，有種布萊恩的作品裡所沒有的狂野氣勢，不時能為專輯增添幾許激昂情緒。不過整體來說，其他成員所作的曲子，在品質上還是無法超越布萊恩的作品，講明白點其實根本差了一大級。布萊恩是個毋庸置疑的天才，但很遺憾的，其他成員們並不是。不管從哪個角度來看，布萊恩．威爾森的中心地位在海灘男孩中是永遠無法動搖的，少了他，海灘男孩不過是個二流樂團；這是個毫無爭議的事實。

不過，當其他成員所作的曲子，宛如眾星拱月般成為襯托布萊恩作品的從屬時，往往能造就出一個效果滿點、耐人尋味、完美整合的音樂世界。這種組合能讓「海灘男孩」這個生命共同體所具有的溫柔、脆弱、矛盾、希望，或迷惑等雜多的情緒，在我們眼前滙聚成一個密不可分的完整世界。這世界裡有著海灘男孩由布萊恩．威爾森獨挑大梁的黃金時代所沒有的「群體感」，甚至還嗅得出一絲眼看樂團將面臨瓦解深淵，大夥兒一同奮力作背水一戰的激進。毫無疑問的，這股氣勢就是《向日葵》與《衝浪季節》兩張專輯的魅力所在。或許這麼說有點奇怪，但仔細聆聽這兩張在布萊恩的創作能力相對低下的時期所製作的專輯，反而能清晰地體驗到布萊恩．威爾森的音樂是多麼的有威力、多麼的有深度。

假使布萊恩能在這個時期擺脫吸毒惡習、活歸現實世界，或至少逃避現實的傾向不再繼續惡化，海灘男孩或許就能以更嶄新、更具威力的音樂示人。在有效吸取旁人的能量後，布萊恩或許能藉由《向日葵》與《衝浪季節》這兩張專輯為墊腳石，將創作成就往前作更進一步的推進。遺憾的是，到頭來假設終歸是假設。而且隨著布萊恩的創作慾日益低下，整個樂團在音樂創作上的前衛性與完整性也走上了日益衰退一途。

老實說，在這兩張專輯問世時，我早已對海灘男孩的音樂失去了興趣，而且就連他們的新專輯也懶得聽。我寧願聽門戶合唱團（The Doors）、吉米・罕醉克斯、寇斯比、史提爾斯與納許（Crosby, Still & Nash），或奶油合唱團（Cream），大家的目光焦點都聚集在烏茲塔克音樂會（Woodstock）上。在某種意義上來說，這也是無可奈何的事。只是到了現在，我還是會為自己當年就這麼拋棄（或者該說是完全遺忘）了海灘男孩的音樂感到遺憾。他們在當時依然隱身於一個靜靜的場所，努力不懈地創作著優質的音樂。如果我想伴他們一路走來，其實也並非難事。可惜的是我卻沒這麼做。直到許多年後，我才首度聽到了《向日葵》與《衝浪季節》兩張專輯。當時的感想是：「這麼好的音樂，自己怎麼會錯過了這麼多年？」

《向日葵》這張專輯裡，收錄了許多首令人印象深刻的優美好歌；例如布萊恩至今仍積極地在演唱會裡高歌的〈這整個世界〉（This Whole World）和〈為你的日子增添些音樂〉（Add Some Music to Your Day），這兩首出自布萊恩之手的曲子被譽為名曲絕對是當之無愧。其他諸如丹尼斯所作的〈滑過〉（Slip on Through）兼具簡樸與讓人朗朗上口的魅力，布魯斯・強司頓的〈狄崔〉（Deirdre）也是一首曲調優美的傑作，再加上布萊恩與麥克攜手譜出的溫柔情歌〈一切我想做的〉（All I Wanna Do）、與專輯最後一首優美到能洗滌心靈、又具備強烈布萊恩個人風格的非商業歌曲〈涼，涼水〉（Cool, Cool Water）（布萊恩曾於日後坦承：說真的，這首歌可是在受天啟後才寫出來的唷）。這些歌曲在今天聽來還是完全不過時。而整張專輯也一如其名，從頭到尾洋溢著和平、安詳的氣氛。在英國，這張專輯曾被譽為「海灘男孩版的《花椒軍曹》」。

但在美國可就沒這麼幸運了。《向日葵》這張音樂成就本應令人瞠目咋舌的優質專輯，在告示牌（Billboard）專輯暢銷榜上竟然只停留了四週，最高也只排名第一五一位，對海灘男孩而言是個空前的慘敗，幾乎可說是完全為樂迷所抹殺。很遺憾的，不論音樂品質好壞，他們所設定的音樂時區，距離當時一般樂迷所置身時代實在是太遙遠了。至少在美國市場上，這兩條路自始至終都沒有產生過交集。這張專輯在商業成就上的挫折，想必讓對自己的創作成果抱持絕對自信的布萊恩與其他樂團成員失望至極。

可是他們並未就此放棄，接下來卻奮力做了一番更大的挑戰，其成果就是《衝浪季節》這張專輯。灌錄這張專輯時，布萊恩的創作慾更形低下，整張專輯中完全出自他之手的僅有〈直到我凋逝〉與〈一株樹的生命時光〉（Day in the Life of a Tree）兩首曲子。專輯同名曲〈衝浪季節〉是從夭折的專輯《笑容》的母帶裡挑出來的曲子，但對抱持著複雜情緒的布萊恩強烈反對加入這首歌，而其他成員則拒絕將歌詞陰鬱的〈直到我凋逝〉收入專輯內。最後在雙方心不甘情不願的妥協下，兩首歌都被收進了專輯裡。由此可以看出，此時布萊恩和其他成員之間的關係也是益形緊張。布萊恩痛感自己被利用、被藐視，其他成員則覺得布萊恩棄整個樂團於不顧。

由於對唱片公司錄音室的低劣品質十分不滿，海灘男孩在布萊恩位於貝萊爾（Bel-Air）內的寬敞宅邸一樓蓋了一間自己的錄音室。不過布萊恩幾乎都把自己關在二樓的房間裡，完全不想到一樓上工，其他成員們只得自己練習、自己錄音。布萊恩偶爾會披著浴袍到錄音室露個臉，瞧瞧大夥兒練團的情況，而且大多只會捻捻鬍子，一聲也沒吭又回到二樓去。這還真是副古怪的光景。

但即使狀況如此不自然、大夥兒關係如此緊繃、內容有著些許瑕疵、再加上籠罩著整張專輯的灰暗氣氛，《衝浪季節》到最後還是成了一張魅力十足的傑作。A面第一首由麥克・洛夫與艾倫・賈汀（Alan Jardine）共同創作的〈別靠近水〉（Don't Go Near the Water）就是一首十分引人側目的曲子。儘管沒有布萊恩相助，海灘男孩合作無間的音樂默契在這首歌裡還終於開花結果，讓人見識到他們傲人的音樂風格依然健在。可是歌詞的內容十分灰暗，在某種意義上甚至可說是十分抽象：

別靠近水，（Don't go near the water）
你不覺得可悲嗎？（Don't you think it's sad）

水到底是怎麼了？（What's happened to the water）

咱們的水已經完了。（Our water's going bad）

這是一首抗議水質污染的環保歌曲。不過這段歌詞，其實也是海灘男孩當時所置身的艱苦處境的悲痛隱喻。這個原本穿著統一的橫紋衫、清純爽朗地高唱衝浪歌曲的樂團，原本身處的「水源」已經遭到致命性的污染。不過他們自己也還不知道污染的原因究竟是什麼。

布萊恩為這張專輯所貢獻的歌曲並不多，但每一首都是好歌。就連略顯失焦的〈一株樹的生命時光〉，都是值得一聽再聽的好歌，因為其中毫無疑問地寄宿著布萊恩的精神。而宛如潺潺細流般靜謐的美妙同名曲〈衝浪季節〉，更是只有天才才寫得出來的曠世傑作。伯恩斯坦（Leonard S. Bernstein）曾在電視特別節目中指揮過這首歌，對其精緻的音樂性亦是讚不絕口。

其他成員強硬地將〈衝浪季節〉這首「庫存品」選進專輯中，曾讓布萊恩對他們長年抱持不滿，但他的憤懣如今已經淡了許多。「（雖然當時真的是很不爽，）但現在我已經喜歡上那首歌了，」他曾如此表示：「只是這首歌唱腔實在是弱了點。自己的嗓音讓我覺得很刺耳，可是，可是聽得出裡頭有靈魂的。」他說的一點也沒錯。

其他值得注目的曲子還有布魯斯．強司頓所貢獻的〈一九五七年迪士尼女孩〉（Disney Girls 1957）。雖然這首洋溢著懷舊風情的甜美抒情歌稍稍偏離了海灘男孩的一貫路線，但聽起來還是感人肺腑。「布魯斯在這首歌裡使用的合音與和絃，實在是不簡單。」布萊恩日後曾如此褒獎。由於在前一張專輯頗為活躍的丹尼斯負傷，讓這張專輯的精采度打了折扣，但么弟卡爾努力在歌聲上填補了布萊恩所留下的空缺。不管是創作上還是處世上，卡爾都稱職地扮演著連結敏感的大哥與激進的二哥的黏合劑的角色。

《衝浪季節》這張專輯在銷售上尚算成功。不僅在告示牌雜誌專輯榜曾上升到第二十九位，同時也頗受樂評家的好評。《滾石雜誌》（*Rolling Stones*）曾給過它如下的評價：「海灘男孩回來了。雖然在過去幾年裡，他們備受大眾和搖滾樂評家的冷落，但現在他們又挾著《衝浪季節》風風光光地重返樂壇。在這張專輯中，他們所創造出的合音與前衛流行音樂（progressive pop）的精神完全吻合，年輕的卡爾適時起帶頭作用，引導這問題重重的樂團走出了難關。」

可惜他們的佳境並沒有持續太久。《衝浪季節》這張專輯也就這麼成了海灘男孩所留下的最後一張野心大作。在發表這張專輯後，布萊恩變得更自閉，幾乎已無法再執筆寫下任何新歌。在荷蘭長期旅居期間所錄製的下一張專輯《荷蘭》（Holland）中，已經沒有多少布萊恩所貢獻的曲子。任憑其他成員再怎麼努力，還是無法掩飾海灘男孩這個樂團創作潛力極度匱乏的事實，讓他們就這麼進入了一段漫長的嚴冬。

布萊恩的自我破壞依舊在毒品的濃霧中持續進行，但同一時期的海灘男孩卻以懷舊歌曲樂團的姿態，靠巡迴演唱賺進了不少銀兩。到了這時候，維持昔日傳說已成了這個樂團存續的唯一意義。成員之間的不和也日益嚴重，紛紛開始彼此打起官司。在這段日子裡，丹尼斯因吸毒過量溺死，爭氣的卡爾也英年早逝，讓布萊恩成了威爾森三兄弟中碩果僅存的唯一一人。任誰都覺得海灘男孩註定是氣數已盡。

但萬萬沒想到，布萊恩竟然在此時重返樂壇。在兩位弟弟相繼過世這段期間，他戒除毒癮、努力復健減肥、接受心理治療，盡最大努力將自己導回正途；甚至說他把自己從死亡的深淵給拉回來也不為過。再次結婚、重新過起正常生活的他，等於已經離開了海灘男孩，製作了幾張精采優秀的個人專輯，並組了個自己的樂團從事演唱活動。他也再次拿起筆來，一首接一首地創作出優美得令人難忘的曲子。這幾乎可說是個奇蹟。「在美國，決不可能有第二章。」費茲傑羅（Scott Fitzgerald）曾如此寫道。但布萊恩・威爾森的人生自此有了第二章，絕對是個不爭的事實。

在威基基露天音樂廳最前排的觀眾席，我淋著越來越大的雨，聆聽著布萊恩近年的名曲〈愛與慈悲〉（Love and Mercy），聽起來依然教人感動。他總會在表演接近尾聲時，獨自坐在電子琴前，以深厚慈祥的嗓音唱起這首優美的曲子。演唱這首歌時，他彷彿是在悼念亡者的同時，也不忘憑弔自己消逝的歲月。看來他似乎已經原諒了所有背叛者，坦然接受了一切命運，並死命拋開所有憤怒、暴力、破壞、絕望，以及其他一切負面情緒。他這切實的動機，全都毫不隱藏地傳遞到了我們心裡。布萊恩的動作已經有點不自然，在台上表演時幾乎都坐在椅子上。看來漫長的頹廢生活確確實實地破壞了他的某些部分，再加上他的嗓音也不復年少時期的甜美，看得出他已經失去了許多貴重的天賦。但即使如此，布萊恩的歌還是能確實地打動聽眾的心，因為裡頭蘊藏著唯有人生的「第二章」才有的深刻說服力。

自從在一九六三年首度聽到《美國衝浪》以來，已經過了一段漫長的歲月。不管對布萊恩還是我來說，這都是一段極為重要的歲月、超乎各種預想的歲月。而現在，我和他正在一起，在威基基的夜裡，淋著下個不停的雨，共同分享著同一個時間與空間。無論如何，這都是個美妙的經驗。因為至少我們都活到了現在，心中也都有了幾個值得憑弔的人、事、物。

舒伯特「第十七號鋼琴奏鳴曲D大調」D850

柔軟渾沌的現代性

舒伯特

（Franz Schubert，1797-1828）

生於維也納市郊里希田塔爾（Lichtenthal）。為浪漫主義音樂的代表性人物、德國樂曲的奠基者之一。兒時便展露天賦異稟，受教於薩利埃雷（Antonio Salieri）。終生幾乎無固定職業，在留下了許多交響曲、室內樂曲、教會音樂，乃至歌劇作品後，揮別了一段波西米亞式的生涯，英年早逝。

究竟當年弗朗茨・舒伯特的心裡是基於什麼樣的想法，創作了一堆冗長，有些甚至頗為難解，而且難以獲得任何報償的鋼琴奏鳴曲？又為什麼要將他短短一生的寶貴時間耗費在創作這麼複雜的作品？在我將舒伯特的奏鳴曲的唱片放在唱盤上時，我常會如此納悶。與其創作這麼煩瑣的作品，假如能寫些更簡單、更容易欣賞的鋼琴奏鳴曲，舒伯特想必能——不論在當時還是現在——更受歡迎才對吧。其實他所寫的「樂興之時」與「即興曲」這類鋼琴小品集，長年來均廣受世人喜愛，但他所留下的鋼琴奏鳴曲，大半卻都如防水運動鞋般備受冷落。

莫札特創作鋼琴奏鳴曲的目的十分清楚——純粹是為了餬口。他為愛好音樂的貴族與其子弟們寫鋼琴奏鳴曲，是能收到禮金的。因此他才會受請託輕輕鬆鬆地寫下這些淺顯易懂（同時卻也美妙動人、饒富深度）的鋼琴奏鳴曲。至於貝多芬，雖然也得賺錢餬口，但他還是像個近代藝術家般滿懷創作野心。每當發表新的鋼琴奏鳴曲時，他總不忘算計自己的新作能在大眾（不過也僅限於懂得欣賞藝術的布爾喬亞階級就是了）之間獲得什麼樣的回響。裡頭總是蘊藏著一股階級鬥爭式的挑釁。

但提到舒伯特的鋼琴奏鳴曲，演奏給人聽實在是冗長得教人發悶，在家裡演奏難度又太高，要當樂譜賣也沒什麼賣相（而且真的賣不好），缺乏一股喚起他人情緒的積極性，幾乎可說是完全不入世。那麼，舒伯特在寫這些鋼琴奏鳴曲時，腦海裡所設定的到底是什麼樣的演奏場所，什麼樣的音樂屬性呢？這是個我多年來一直無法參透的謎。

但某次讀了舒伯特的傳記後，我終於找到了解答。答案其實很簡單：在創作鋼琴奏鳴曲時，舒伯特根本沒考慮這些曲子將在什麼樣的場所被演奏；不過是單純地想寫什麼就寫什麼罷了。既不是為了利，也不是為了名，不過是單純地將浮現在腦海裡的旋律寫進樂譜裡罷了。即使自己所寫的音樂教人悶到發慌，即使沒人懂得欣賞其中的價值，即使因此過得窮困潦倒，對舒伯特來說都不過是次要的問題。他不過是以一把心靈的水瓢，自然而然地將累積在自己心中的靈感給舀出來罷了。

而在恣意寫下想寫的音樂後，他在三十一歲時便宛如悄然辭世。雖然他沒賺到萬貫家財，也沒像貝多芬般獲得舉世推崇，但曲子至少還賣得差強人意，身邊也圍著一小群崇拜者，看來是不至於餓肚子。再加上他由於英年早逝，因此也不必經歷江郎才盡的落魄。終其一生，旋律與合音都宛如阿爾卑斯山脈的融雪小河般，細水長流地浮現在他的腦海裡。從某個觀點看來，他這輩子或許過得還不算差。畢竟想寫什麼就寫什麼的他，成天想著「忙死了忙死了，這首也要寫，那首也要寫」，一頭熱地活了一陣，還沒搞清楚狀況就走完了一生。當然，他或許也曾碰過難關，但完成創作的喜悅本身就是一個優渥的報酬。

總而言之，弗朗茨・舒伯特的二十二首鋼琴奏鳴曲，就這麼來到了我們面前。他生前僅發表了其中三首，剩下的全都在他歿後才得見天日。生前發表的三首似乎都不怎麼樣，就連他最親暱的朋友，想必也都在私下竊竊私語：「弗朗茨這傢伙寫的歌曲或鋼琴小品實在沒話講，可是鋼琴奏鳴曲實在太硬啦。看來這傢伙的才華還是適合寫些短短的東西。不過他就是拚命想寫些長的。雖然他才氣縱橫，為人也不賴，但這點還真有點擾人哩。」——當然這段對白純屬個人想像啦，不過真實情況想必是八九不離十吧。

但不管怎麼說，我個人就是喜歡舒伯特的鋼琴奏鳴曲。這陣子（該說是這五、六年來）聽得甚至比貝多芬或莫札特的鋼琴奏鳴曲要來得頻繁。雖然要問理由我也說不大上來，或許是舒伯特的鋼琴奏鳴曲那「冗長」、「混雜」與「擾人」，到頭來反而最適合我現在的心境，因為裡頭有著貝多芬或莫札特的鋼琴奏鳴曲所沒有的心靈自由。坐在喇叭前、閉上雙眼欣賞這些曲子，便能自然地、安心地踏入這音樂的世界裡，也能徒手拾起其中的樂聲，隨心所欲地依自己所好繪出一幅音樂情景。存在於這些曲子中的，就是這麼個融通無礙的世界。

貝多芬和莫札特的鋼琴奏鳴曲則不大一樣。欣賞他們的音樂時，總能感覺到貝多芬或莫札特鮮明的個性屹立其中，讓人覺得難以撼動或侵犯。不管是好是壞，這些樂曲都已經有了無法動搖的地位。基本上，我們都只能隨這些樂曲的旋律、架構，抑或是宇宙觀逐流。不過舒伯特的音樂並非如此，眼光要來得低些。他的音樂排除了艱澀的要素，溫柔地迎合著我們，讓人得以不計利害地沉浸在他的音樂所醞釀出的溫柔麻醉之中。這種特殊感覺簡直可以「上癮」來形容。

我之所以愛上這種類型的音樂，其實有時代、年齡兩個要因。時代性的理由是，大家在各種藝術領域中，都有越來越追求「柔軟渾沌」的傾向。貝多芬那近代式的結構性（或者是結構式的近代性），或莫札特那完整的脫俗性（脫俗的完整性），有時著實讓人感到——雖然不得不承認它們實在完美得無懈可擊——幾乎要窒息。至於年齡上的理由，在所有藝術領域中，我似乎都有越來越追求「籠統、單純地說來更難懂」的內容的傾向。雖然我無法正確判斷這兩種理由中，是哪一種較讓我受舒伯特的鋼琴奏鳴曲所吸引。但舒伯特為世人留下了二十二首鋼琴奏鳴曲，對現在的我來說，絕對是個值得高興的事實。

在舒伯特的眾多鋼琴奏鳴曲中，長期以來最為我所鍾愛的作品，就是第十七號鋼琴奏鳴曲D大調D850。其實也沒什麼好炫耀的，這首奏鳴曲十分冗長，頗為無趣，形式上也不完整，在技術上並沒有什麼值得注意的優點，結構上甚至還有些許缺陷。對鋼琴家來說，它簡直就是個惡作劇，長年以來，幾乎沒一個演奏家願意將它納入演奏曲目裡。而且，也沒出現幾場被譽為「經典」或「決定版」的演奏。向幾位熟悉古典音樂的朋友徵詢關於這首曲子的意見時，多數都會先陷入沉默，接著便皺眉問道：「明明還有其他名曲呀，例如A小調、A大調、降B大調等等，為什麼對D大調有興趣呢？」

的確，舒伯特其他的鋼琴奏鳴曲中有不少傑作是個不爭的事實。不久前在吉田秀和先生的著作中，偶然讀到一段關於D大調奏鳴曲的有趣見解。以下內容摘錄自他對內田光子灌錄的演奏所作的評論：

由於很容易讓人連想到A小調奏鳴曲，長年以來，我都很喜歡這兩首曲子，但對D大調可就有所保留了。第一樂章雖然有個氣勢十足的開始，但總覺得雜亂得教人難以掌握。雖然其中有不少有趣的動機（motif），但總是來來去去，教人不禁質疑最後會跑到哪兒去。或許拿它和截然不同的A小調奏鳴曲做比較並不恰當，但聽到這首簡短有力的曲子，不禁教人納悶舒伯特明明可以寫得如此簡潔，為什麼要把D大調寫得這麼長呢？或許將這說成舒伯特的毛病之一有失公允，但D大調實在是太冗長、太散慢了。

（《本月推薦盤》新潮社．二〇〇一年）

雖然我個人並沒有資格對吉田秀和先生的意見做任何批評，但這段評論著實讓我深感：「說得一點也沒錯，對您的卓見深有同感。」不過這段評論的好戲還在後頭：

因此，我對這首奏鳴曲一直是敬而遠之，長年以來一直沒有好好聽它的欲望。即使在拿到這張CD，再次有機會聽到這些樂曲時，我也只是從A小調開始聽起，聽到D大調時便停了下來。

> 但這回突然決定把它給聽一遍，聽了才驚覺一個事實：原來它果真是一首打從心靈深處硬擰出來的『精神力』化身而成的曲子。（後略）

讀完這一段，我更是不由得猛點頭。打從心靈深處硬擰出來的「精神力」化身而成的曲子——形容得還真是一針見血呀。就一般的意義來說，這首D大調真的稱不上名曲。它的結構太粗糙，難以聽出整體意涵，而且實在是長得太離譜了。但裡頭卻蘊藏著一股足以彌補這些瑕疵、蘊含深奧精神的直率與熱情。這股熱情就連創作者也無法駕馭，宛如水管破裂般四處噴洩，迫使它打破奏鳴曲的架構所要求的統合性。不過換個角度來說，正由於D大調如此**無厘頭**地打破既有框架，讓我覺得它反而在完全不符合世俗標準的情況下，獲得了一種獨特的普遍性。到頭來，我覺得這首作品等於是凝縮了——或許說成**擴散**了要來得更正確些——所有舒伯特奏鳴曲吸引我的要素。

開始喜歡上這一首曲子，是大約二十五年前的事。當時我在一家二手唱片行裡翻到了一張由尤金·伊斯托敏（Eugene Istomin）演奏這首曲子的唱片，抱著「姑且聽聽看」的心態買下了它。那是一張哥倫比亞唱片大師作品（Columbia Masterworks）所發行的進口版（MS7443）。雖然看不出錄音年分，但推測應該是六〇年代中期至晚期的作品。

從那時候起，我把這張唱片聽了好幾回。因此和它的邂逅可說是我之所以喜歡上D大調奏鳴曲的開端。伊斯托敏的詮釋方式——一如他慣有的演奏風格——並沒有一絲花稍。既可說是中庸，也可說是一種放低姿態、試圖忠實呈現該樂曲原有精神的詮釋方式。不過出乎意料的，這種演奏風格和這首曲子竟然是那麼的匹配。雖然平凡無奇，但並不是拿著樂譜照本宣科，蘊藏其中的是一股心平氣和的沉穩。聽了這張唱片好回之後，我就深深愛上這首D大調奏鳴曲了。如今我還會偶爾把這張伊斯托敏的演奏拿出來欣賞，依然對他這恰到好處的詮釋方式感到由衷佩服；也覺得在那舒伯特的鋼琴奏鳴曲尚未得到公正評價的時期，能做出這麼恰如其分的演奏，實在是太不簡單了。如果當初聽到的版本是出自其他鋼琴家之手，恐怕這首曲子就不會教我如此著迷了。不過這張伊斯托敏的演奏似乎並沒有得到什麼好評，因此後來我不僅從未在唱片行裡看到它，也沒聽說過任何它以CD形式再版的消息。否則看它也磨損得差不多了，有機會的話還真想再買張新的，好讓它功成身退哩……。

我開始聽這首D大調奏鳴曲時，收錄這首曲子的唱片還非常有限。記得在當時的唱片目錄裡僅看過區區幾張。不過隨著時代進步，演奏這首曲子的鋼琴家也開始與日俱增。前一陣子，我突發奇想地想算算家裡架上有幾張收錄D大調奏鳴曲的唱片，發現竟然已經有十五張了。以下就是我個人收藏中的清單，請注意未標明是LP者悉數為CD。

1. 阿胥肯納吉（Vladimir Ashkenazy, London/DECCA LP）

2. 布蘭德爾（Alfred Brendel, Phillips LP）
3. 許納貝爾（Artur Schnabel, EMI LP）
4. 李希特（Sviatoslav Richter, Monitor LP）
5. 伊斯托敏（Eugene Istomin, Columbia LP）
6. 海布勒（Ingrid Haebler, Columbia LP）
7. 內田光子（Phillips）
8. 巴杜拉—斯科達（Paul Badura-Skoda, Arcana）
9. 席夫（Andras Schiff, London/DECCA）
10. 肯普夫（Wilhelm Kempff, Deutsche Grammophone）
11. 柯爾榮（Clifford Curzon, London/DECCA）
12. 達爾貝托（Michel Dalberto, Erato）
13. 吉利爾斯（Emi Gilels, RCA）
14. 安斯涅（Leif Ove Andsnes, EMI）
15. 克林（Walter Klien, Vox）

若以錄音時期粗略區分，大致可歸類為以下三大類：

(1) 早期。除了少數特例之外，鮮少有人演奏、錄製舒伯特的鋼琴奏鳴曲的時代。一九七〇年以前的作品。

(2) 中期。舒伯特的鋼琴奏鳴曲開始再度受到好評的時代。一九七〇年至一九九〇年錄製的作品。

(3) 現代。再次確立應得的肯定，年輕的鋼琴家們開始積極地將舒伯特的鋼琴奏鳴曲編入曲目中的時代。一九九〇年以後錄製的作品。

許納貝爾、肯普夫、伊斯托敏、柯爾榮、李希特、吉利爾斯與海布勒屬於類型(1)的早期作品，布蘭德爾、阿胥肯納吉與克林屬於類型(2)的中期作品，其他的則屬於類型(3)的現代作品。

這次為了撰寫這篇稿子，我又將上述作品仔細（程度依當時閒情逸致的多寡而定）聽了一遍。以下將略述聆聽這些作品後的感想。

從現代類的演奏談起，意氣風發的挪威鋼琴家安斯涅的演奏實在是無懈可擊。對任何想欣賞以最新錄音技術錄製的D大調奏鳴曲的樂迷來說，這張CD絕對是第一首選。猶記安斯涅數年前到日本演奏時，我曾去現場欣賞，並對他的演奏佩服不已。在這張CD中，他的演奏更是賦予了音樂更多的深度。雖說這段演奏的「舒伯特味」或許不夠重，但可以確定它畢竟是場正統、直接的演奏。雖說這和他的挪威血統應該無關，但從第一樂章到第二樂章，還是帶著一股聽來活像希臘音樂般健康的「嗆」勁，教人渾身感覺到一股彷彿吸進一口林中充滿清新植物芳香的空氣般的清爽。雖然年輕、雄偉、又富含充沛感性，但又謹慎地剔除了大時代的要素，聽來實在是無比流暢。雖然樂曲整體的規模龐大，但外觀卻維持得頗為小巧簡潔。這方面的安排，教人不由得對這位鋼琴家的智慧感到欽佩。

演奏這首奏鳴曲時，強音（forte）與琴聲十分容易混淆在一起；若依照樂譜的指示彈奏，往往會彈得過度誇張而變得嘈雜不已。但在強弱對比的掌控上，這位演奏者的技巧可就夠神妙了；尤其強音彈得還真是好。不僅不流於嘈雜，深邃的音色還能讓人陶醉在強烈的起伏、夢幻與熱情中。當然，好惡是因人而異，但深植於這場演奏中的那簡潔、直接的世界觀，以及毫無怯色地標榜這世界觀的旺盛意志，在在都有資格獲得極高的評價。

比起安斯涅無懈可擊的詮釋，其他鋼琴家們的演奏可謂各有長短。席夫的演奏風格基本上和安斯涅較為接近。或許對現在鋼琴家來說，這種風格正逐漸定型為對舒伯特音樂觀的解釋角度之一。從中可以看到一種可說是反貝多芬式的、試圖在缺乏完整性的結構中逆向理出一種新結構的、幾可說是後現代式的浪漫主義情懷。不過這種浪漫主義的目的絕非情感的抒發宣洩；樂譜經過嚴密檢證，情感經過理性統御，活力經過充分洗滌，一切都曾經過了內省的篩檢，因此可說是一種經過解析與洗滌後，再度被組合成形的浪漫主義，也可說是一種能迎合精神胃口大開的現代人精神的嶄新、積極的浪漫主義。這種「解構式浪漫主義」業已成為一種主流，因此不難想像若由普萊亞（Murray Perahia）來演奏這首曲子（不過截至目前為止，他尚未錄製過這首曲子就是了），恐怕也將被歸類為這種風格吧。

席夫的演奏也保有應有的節度，掌握得恰到好處。他適度導入外頭的空氣，巧妙地迴避了獨善其身式的封閉。因此，他的浪漫主義完全不會教人窒息。演奏從頭到尾都十分柔軟，巧妙地維持著一定的均衡。不過說句老實話，比起安斯涅，他的演奏流於太「缺乏主張」了點，實在是太像個好青年、模範生了。雖然他的音樂在形式上維持得很完整，但實在是完整得過了頭，甚至有點做作了。乍聽之下雖然感覺不錯，但反覆聽個幾次，就不難聽出一些細部實在是過於矯飾。因此我並不打算積極推薦席夫的版本。

內田光子的演奏風格則是和前述兩位鋼琴家截然不同；甚至該說她演奏的舒伯特和其他任何一位鋼琴家所演奏的完全不同。她的詮釋方式極為細膩、理性、冷靜、具說服力，並帶有一種自給自足的完整性，因此就這層意義上，她的演奏可說是完全將內田光子這位鋼琴家的性格展露無遺；我認為這是身為一個演奏家基本上該有的態度。因此到頭來，她的版本可說是很好，也可說是不好，在判斷上百分之百還是牽涉到每個人的個人喜好。而若要依我個人的喜好，到頭來我是不會選擇推薦內田光子版的D大調的。

我對她所演奏的D大調抱持保留態度有幾個理由。第一是她所採用的運音（articulation）聽起來實在有點做作。雖然只是程度極輕微的不習慣，但就像塵埃會累積一樣，這種不協調越聽越教人覺得嚴重。若以小說做比喻，就好比一個作家的筆調讓你喜歡與否。另一個理由，則是她為這場演奏預設的規模，感覺上要比樂曲本身的規模大了太多，感覺像是牽強地將這樂曲描繪得太偉大。她這首D大調奏鳴曲的演奏技巧十分精湛，思考得非常徹底，音樂品質絕對是上乘，架構也十分扎實，呈現出來的表情可謂風情萬種，但卻也因此感覺不到什麼人味；至少我是如此覺得。

當然，若將上述批判作逆向解讀，這些意見其實也可說是讚美。因此若有任何人主張「內田的D大調實在是演奏得太完美了」，我也完全不會有和他爭論的打算。容我再重複一次我的觀點：她的版本「可說是很好，也可說是不好」。

在現代類的演奏中，另一個值得注意的就是使用歷史樂器的巴杜拉─斯科達的版本。在錄製這場演奏時，他採用了實際在一八二四年左右（也就是這首曲子問世的時代）使用過的康拉德．格拉夫製作的古鋼琴（Hammerflugel Konrad Graf）。這種樂器魅力十足的音色，讓人得以體會「原來舒伯特當年創作鋼琴奏鳴曲時，腦海裡浮現的就是這樣的音色呀。」雖然聽在耳裡或許稱不上是恍然大悟，至少也能讓人實際體會到又一個新世界在自己眼前洞開。由於這種樂器強音與弱音之間的音量差異較小，對比不似現代樂器般強烈，讓人得以輕輕鬆鬆地聆聽。這可是個不小的發現。由於樂器本身反應較慢，碰到彈奏得快些的樂句（passage）時，也就顯得緩慢些。甚至有些部分音樂的流暢度被打斷，結果聽來像是笨拙的演奏。雖然演奏本身不至於讓人感受到多少深度，但由於音色較為柔和，至少聽來讓人心平氣和。在這一點上，這個版本和內田光子的演奏形成了強烈的對比。

在中期類裡頭，最突出的莫過於克林的演奏。克林是個生於維也納的鋼琴家，平常的演奏算是比較平穩規矩，不過一旦抓到重點，可就會營造出一個扣人心弦的音樂世界了。很久以前，我曾聽過一捲他來日本演出時演奏的莫札特鋼琴協奏曲的錄音帶，當時就對他的技巧驚嘆不已。或許是因為同屬源自維也納的音樂，這場舒伯特D大調的演奏也同樣值得讚賞。他那毫不緊繃的演奏方式，將舒伯特詮釋得極為自然。想必使勁將舒伯特吸進胸脯，再輕輕吐出來，形成的就是這樣的音樂吧。

雖然錄製於一九七一至一九七三年，但我從未看過任何探討或讚美克林這個演奏的報導。或許純粹是因為我錯過任何這類報導，但想必主要還是得歸咎於克林這位鋼琴家實在是不夠起眼吧。近年廉價版CD已經面市，在此有興趣的樂迷不妨買來聽聽。與其說是風格獨樹一幟，即使只是隨便聽聽，也會在不知不覺間深深為他的演奏所吸引。就連其他鋼琴家們多半詮釋得過度誇張的第一樂章，他都彈得極為流暢自然。至於第二樂章，聽來則是溫柔得彷彿有人在自己耳邊輕聲細語般。到了第三樂章則是驟然一變，成了興高采烈的舞動，左手輕盈的動作尤其迷人。第四樂章則是打一開始就讓人感覺「維也納味」十足。即使旋律聽來理應顯得陳腐，卻完全沒這回事，音色十分清新澄澈。而且在這個版本裡，上述四個樂章的連結，聽來完全沒有一絲不自然。

相反地，樂章之間連結得最不流暢的，就屬布蘭德爾和阿胥肯納吉的演奏。許多鑑賞指南都將他們兩位的演奏奉為經典，但說老實話，我可完全聽不出他們倆的演奏到底好在哪裡；甚至不禁懷疑——許多古典音樂迷會不會是因為聽了這兩位名鋼琴家的演奏，才會對D大調缺乏好感？容我再重複一次：他們兩位的演奏中最大的缺陷，就是沒能把樂章與樂章之間的連結處理好。雖然每個樂章都演奏得頗為出色，但敗在沒能掌握住統一感，就整體看來沒能烘托出一個完整的音樂世界。因此想當然爾，結果就是教人聽來感覺又臭又長。尤其是阿胥肯納吉的第一樂章彈得極為生硬，聽來感覺十分空洞。到了較為緩慢的第二樂章時好不容易站穩了腳，在第三樂章裡卻又再度迷失了方向，聽來不禁教人懷疑這演奏是否真的是出自他之手。至於布蘭德爾的版本，則是維持了他脈絡清晰的特性。這當然是件好事，遺憾的是他這回的脈絡卻是那麼的缺乏說服力。從頭到尾聽完四段樂章後，得到的感想只有品質高尚、知性十足的索然無味。或許正由於這兩位鋼琴家由於出身正統，因此難以真正體會D大調奏鳴曲那深植於骨子裡的矛盾性、自我解構性，以及那「豁了出去」的熱情洋溢吧。他們的表現總讓我感覺，姑且不論這類特質是好是壞，想必是無法見容於他們倆的音樂理念的。

現在來談談早期類，就結論來說，我最欣賞的是英國鋼琴家柯爾榮的演奏。清脆明晰的指法、毫不做作的簡潔幽默、宛如穿上長年愛穿的粗花呢上衣般的舒適感、柔軟的段落處理，尤其是在徐緩樂章裡那優美柔和的彈奏方式，各方面皆為上上之選。每個音符彷彿都蘊藏千言萬語，每個樂章彷彿都有自己的故事，以這些故事極其自然的匯聚出一個極為完整的世界。

依個人意見，即使規模要比柯爾榮的演奏小一點，我最喜歡的還是稍早提到的伊斯托敏的版本。雖然他的版本缺乏清楚的個人主張，但從頭到尾都以自然為焦點，沒有分毫迷失。而且他還正確地捕捉到了D大調奏鳴曲固有的靈魂。

許納貝爾的演奏是在戰前錄製的，若依直覺分析，在某些部分的確帶著些許大時代的俗套。但一到重點，他可就變得伶牙俐齒了起來，宛如名人敘述起古典落語①般出色。在深夜中把著一杯麥芽威士忌靜靜聆聽，便能夠感覺到一股溫暖浸透全身上下。論及這點，安斯涅的演奏和威士忌可就沒這麼匹配了。

肯普夫的演奏沉穩平順，雖然還挺讓人欣賞的，但總覺得他的演奏似乎裹著一層薄薄的面紗。聽完時總讓人覺得有股溫溫吞吞、無法真正碰觸到音樂核心的隔閡感。雖然肯普夫是個很早就完成了舒伯特鋼琴奏鳴曲全集、為這些作品的平反貢獻良多的大師，但他的D大調奏鳴曲與全集中的其他作品相比，水準似乎並非上乘。

海布勒的版本品味優雅，讓人感覺宛如置身沙龍，甚至彷彿連周遭都飄起了一股紅茶香，可謂臨場感十足。就這層意義上，他的版本也算是個風格別具的好演奏。但只要多聽幾次，似乎就會嗅到一絲掌控上的生硬，聽來還真有些過時。不過，這點就端看大家的個人品味來判斷了。

最教人困惑的就屬李希特與吉利爾斯的演奏了。到了這地步，好壞已經不再是「個人品味」可以論斷的。說老實話，在四十幾年前，這兩位前蘇聯的演奏家竟然挑上舒伯特的奏鳴曲這麼冷門的主題來進行錄製，意圖實在教人無法參透；而錄製的結果也是十分特殊。這兩人的共通點，是以強韌到超乎想像的指法大力彈琴的演奏風格。由於音色極為清晰正確，舒伯特原作中的曖昧性，悉數被他們的辯證法精神一掃而空。尤其是李希特以光速彈奏的第一樂章最為驚人，簡直像開車時將油門踩到底似的。不過李希特的演奏最教我佩服的，就是在第二樂章（con moto）中所營造出的靜謐感。其中蘊含的，是一股奇妙的、宛如小動物潛伏在身森林深處般的緊張感。他持續地按捺著、按捺著，一個音符一個音符地將這個樂章給彈出來。這其實是一個伏筆，在樂章的最高潮中連續彈出的強烈音符，充滿了有血有肉的說服力。這個部分充分展現出李希特這位名鋼琴家的氣度，教人見識到他絕不只是硬邦邦地用力彈琴而已。

吉利爾斯的演奏可就更率直了。他帶給聽者的，是一種宛如觀賞金牌體操競賽般的爽快。那宛如咆哮般的重武裝演奏技巧，出神入化到讓人從頭到尾都能聽得津津有味、陶醉不已。但在整場演奏中，卻聽不出一絲舒伯特的D大調該有的氣氛。唯一聽得到的，只有舒伯特在墓中翻身的聲響。

若以一般的觀點來說，他們兩位的演奏，在現在這個時代是不聽也不會有什麼損失的。精采是真的很精采，但只要聽個幾次，卻會發現這「精采」並不是他們演奏的目的，而是正經八百、一臉嚴肅地追求得來的結果，蘊藏其中的，其實是類似北韓的大會舞的空洞。到了如今，或許還是將這類演奏塞進歷史的抽屜裡比較好。

有時覺得，欣賞古典音樂的樂趣，或許是來自擁有幾首符合個人喜好的名曲、和擁有幾位符合個人喜好的名演奏家的版本。有時自己的個人喜好或許和世間的評價並不一致。但這種依「個人專屬」的品味作收藏的行為，應該是會讓每個人的音樂品味發展得更寬廣、更深入的。對我來說，舒伯特的D大調奏鳴曲就是一個重要的「個人專屬」收藏，透過這首樂曲，我得以在漫長歲月中認識到伊斯托敏、克林、柯爾榮，以及安斯涅這些鋼琴家們——這麼說似乎有幾分誇張，並不表示他們就是超一流的鋼琴家——所編織出的美好音樂世界。當然，這並不是每個人都有的體驗，而是我個人的體驗。

而這種個人體驗，會悉數化為珍貴溫暖的記憶，留在我的心中。想必在你的心中，也有不少類似的記憶吧。到頭來，這種有血有肉的個人記憶，全都會化為我們活在世上賴以維生的養分。如果記憶沒有溫暖，生活在太陽系第三顆行星上的我們，大概全都得在難熬的酷寒中度過人生。恐怕正是因為如此，我們才須要談戀愛，有時還須要像談戀愛般欣賞音樂吧。

① 譯註：日本傳統喜劇表演，相當於中國的單口相聲。

SCHUBERT
PIANO SONATA IN D MAJOR, OP. 53
EUGENE ISTOMIN

史坦·蓋茲的黑暗時代

1953-54年

史坦・蓋茲

（Stan Getz, 1927-91）

生於費城。擅長旋律優美的即興吹奏的次中音薩克斯風巨匠。早期以酷派爵士樂風奠定威名，並曾於1960年代掀起巴莎諾瓦（Bossa Nova）旋風。之後亦繼續活躍於第一線。即使晚年與癌症搏鬥時，仍在舞台上努力不輟。

自一九五二年至五三年，曾在史坦・蓋茲所領導的樂團中擔任過貝斯手一年多的比爾・克勞（Bill Crow），曾在著作《從紐約搖滾鳥園到百老匯》（*From Birdland To Broadway*）中回想道：

海洛因對史坦產生的影響，和其他毒蟲大異其趣。一般人藥效一發作，便會一副呆滯恍惚，變得較為被動。但平時很好相處的史坦，一嗑藥卻會變得哭哭啼啼的，但又會在突然間變得冷酷、猜忌，成了一個毫不留情的人。有天我在紐約一家酒吧裡和祖特・辛姆斯（Zoot Sims）聊起史坦，祖特竟然這麼説道：「史坦可真是一『群』好人」（a nice bunch of guys）呀。

約十年前，我曾造訪位於新澤西州哈德遜河畔的比爾・克勞宅邸，和他長談良久。我們倆聊起許許多多爵士樂手，但他從頭到尾幾乎都沒提起過史坦・蓋茲，僅有一次提到：「史坦所做過最好的事，就是為身懷絕技卻默默無聞的樂手們提供出道的機會。亞伯特・戴利（Albert Dailey）就是一個好例子。他是個有能力作出好音樂的天才鋼琴手，但如果史坦當年沒錄用他，想必他就沒機會變得像現在這麼紅了吧。」這是他在那次對話中唯一一次提及史坦・蓋茲。他表示：「關於史坦這個人，我個人可是有說不完的故事……」，總覺得話中帶了幾分欲言又止。雖然當時我很想多聽他聊聊這方面的內幕，但他似乎極力避免說出任何老同事的壞話。不過史坦・蓋茲在伍迪・賀曼（Woody Herman）樂團時期的老同事雷夫・伯恩斯（Ralph Burns）卻曾率直地給過他以下的評語：「史坦是個惡心至極的傢伙，不過樂器可是吹得很好」。

比爾・克勞在這本精采的回憶錄《從紐約搖滾鳥園到百老匯》中，僅提起幾個史坦・蓋茲時代的小插曲。比起書中那些從一九五〇年代後半到一九六〇年代前半，在傑瑞・莫里根（Gerry Mulligan）的樂團中演奏時那些既豐富又多采多姿的故事，蓋茲時代的故事實在是少得教人驚訝，而且內容也全都是輕描淡寫。不過從這些段落中，至今仍能看出這位與海洛因毒癮纏鬥——也或許該說是拼命試著與毒癮共存、同時卻也是個才華洋溢的年輕次中音薩克斯風手當年是副什麼德行。他曾親眼目擊因注射過量海洛因而休克的蓋茲，靠同事們的人工呼吸奇蹟式地撿回一條命的情況。那可真是個把人嚇到渾身發冷的光景。

在比爾・克勞於該團演奏期間，史坦・蓋茲並無法讓樂團維持安定，團員們總是在短期間換了又換。原因是他海洛因注射得越來越頻繁，嚴重影響了平時的演奏活動。看到他成天惹這種令人嫌惡的麻煩，優秀的樂手們也只能棄他而去。第一個求去的是吉他手吉米・雷尼（Jimmy Raney），接下來則是鋼琴手喬丹公爵與鼓手肯尼・克拉克（Kenny Clarke）。失去這些高手讓史坦・蓋茲驚覺情況不妙，因此曾試圖遠離海洛因的誘惑；雖然一度獲得相當程度的成果，但到頭來還是沒能維持多久。後來比爾・克勞也在一九五三年四月求去。一九五三至五四年是史坦・蓋茲與海洛因纏鬥得最為艱苦的一段時期，同時卻也是他的音樂活動最為充實的一段時期。

史坦・蓋茲的特色是，不論他再怎麼為海洛因所苦，身心被侵蝕得多麼嚴重，這些影響也不會出現在他的音樂中。無論私生活是如何支離破碎，只要一拿起樂器，他便能隨手來上一段簡直能直通天堂的精采即興演奏。他這種天賦似乎可媲美莫札特。李斯特・楊（Lester Young）與查特・貝克（Chet Baker）演奏的優劣，均取決於藥性發作的強弱，或精神安定的程度（而且長期看來，他們的演奏是越來越差）。但史坦・蓋茲不管身處多麼惡劣的環境，都有辦法吹奏出最好的（或極接近最好的）音樂。也不知道他為什麼辦得到，只能說他與生俱來的才華，或許就是適合在這種狀況下發揮吧。

史坦・蓋茲本名史坦利・蓋茲（Stanley Gets，原本的父姓為Gayetzby），一九二七年生於費城，在紐約的布朗士區長大。金髮碧眼、長相俊俏的史坦・蓋茲，乍看之下似乎是個出身良好的盎格魯薩克遜裔，但其實父母都是為了躲避排猶（Norpom，俄國的大規模猶太人迫害運動），而在二十世紀初從基輔移民到美國的猶太人，父親是個在印刷工廠工作的底層勞工。當時猶太人無法加入印刷業公會，因此他父親常處於失業狀態，因此長期家計窮困。

年僅十五歲時，史坦便得到了在當時紅極一時的傑克・提戈登（Jack Teagarden）樂團裡演奏的機會。原因是他有次去參觀該樂團的彩排時，團裡的次中音薩克斯風手正好缺席。當時史坦借了樂器代替他參加練習，就這麼成了正式團員。團長告訴他：「如果想加入我們的樂團，明天就帶著燕尾服、牙刷和一件換洗用的襯衫到中央車站來。」史坦當然依他的吩咐赴約。還上學幹嘛？當年他總會從七十美元的週薪裡拿出三十美元寄回家。晚年他曾回憶：「當年周遭全是沒被徵兵的老樂手。我之所以能在那團裡吹兩年次中音薩克斯風，不過是因為當時還在打仗，年輕人全被抓去當兵，導致樂手嚴重不足的緣故。所以至今我還是無法將自己看作一個藝術家；吹薩克斯風不過是為了討飯吃罷了。」

十五歲的蓋茲對樂理一竅不通，不過提戈登對此完全不在意。只要旗下的樂手能奏出美妙的樂聲，對他來說就沒問題了。史坦．蓋茲優質的音樂基礎，想必就是在提戈登時代奠定的。音樂讓他獲得幸福，讓他得以過起美滿人生，但同時也讓他開啟了內心黑暗面的大門。後來蓋茲曾如此回憶：「提戈登並沒好好教過我音樂，但如何豪飲倒是教得很徹底。」他表示當時夜夜都被灌得神智不清。不過十五歲，他已經染上了酒精中毒，到了十七歲便開始吸食海洛因。

他就這麼染上了種種酒癮和毒癮，將他日後的人生扭曲到永遠無法回頭的地步。「史坦和我年齡相仿，但我們倆的才華卻相差好幾光年。」克勞在著作中如此率直坦承，但讓史坦．蓋茲的精神變得如此扭曲的，很可能就是他那異於常人的傲世才華為他帶來的壓力。據說在舞台上獨奏時，他都表現得彷彿忘了自己年僅十五般，渾身充滿自豪與自信。但事實上，他不過是個出身布朗市貧民窟、對遼闊野蠻的世界滿懷畏懼的瘦弱少年。既沒受過完整的學校教育，周遭也沒有任何大人給過他正確的教誨。因此他不得不借用藥物與酒精，來克服心中的壓力與恐懼。

蓋茲從隨史坦・肯頓（Stan Kenton）的樂團演奏時開始沾染海洛因，日後又輾轉換過幾個樂團。到了終於獨立時，他已經成了一個毒癮極重的毒蟲。在伍迪・賀曼樂團的時期尤其嚴重；該團團員有一半嗜食海洛因，甚至當紅的法國號手賽吉・查洛夫（Serge Chaloff）就是他們的藥頭。他們甚至還服用安非他命，只為預防海洛因的藥效讓他們在演奏時打瞌睡。因此，整個樂團無時無刻不籠罩在藥物的影響下。該團團員之一曾回想道，史坦・蓋茲獲得女性樂迷壓倒性的支持，但雖然其他人每晚都有機會「尋歡作樂」，唯獨他在演奏結束後，大都會選擇毒品而非女人。

毫無疑問的，史坦・蓋茲是個天才型的次中音薩克斯風演奏者。他總是毫無計畫地拿起樂器，想到哪裡就吹到哪裡。而且在如此即興的狀況下，幾乎都能吹出媲美天籟、同時也充滿想像力的音樂。桃樂西・派克（Dorothy Parker）曾給過作家費茲傑羅如下的評價：「即使是很無聊的小說，費茲傑羅都非得把它寫得很美不可。」這評語應該也能套用在史坦・蓋茲身上。即使是為了買毒品而接下的臨時工，他大多也都吹奏得十分優美。總而言之，只要一捧起樂器，他就非吹奏到這種程度不可。約翰・柯川有次曾在聽了史坦・蓋茲的演奏後表示：「要是我們能吹到他那種程度，想必大家都會想要吹得像他那樣吧」。為什麼他辦得到，可能就連他自己都想不透吧。唯一知道的，就只有老是納悶「為什麼」其實根本毫無意義。對他而言，必要的並不是分析，而是個人經驗法則。他主張：「精神越不集中，就能演奏得越好」，並將這種「精神不集中」的狀態稱之為「阿爾法狀態」。「不論是精神上還是肉體上，只要用力過度，就無法產生好東西。大概只有會計師這類工作，才須要精神集中。而我們須要的，是能更進一步讓心靈放輕鬆的狀態」。

不幸的是，為了盡快進入這種「阿爾法狀態」，海洛因與酒精成了史坦・蓋茲不可或缺的道具。日後他自己也承認，站上舞台前他大多會注射海洛因，錄音前注射的機率則是百分之百。每當聽起他在一九五一年十月於波士頓的爵士俱樂部「軼聞村」（Storyville）所錄製的現場錄音雙片專輯《軼聞村現場》（At Storyville）時，我們都會為他那音樂的高品質、卓越的即興性，以及兩者交融之下那近乎奇蹟的臨場感怦然心動，但發現那其實是借助海洛因的力量達成的之後，油然而生的又是另一種感慨。人們常打著藝術創作的名義吸食毒品，實際上這不過是個驅除恐懼與自我懷疑的消極逃避手段。不過話雖如此，這套在演唱會中現場錄製的專輯，還是有著極為驚人的完整度。

但他終究無法逃過該來的厄運。這厄運於一九五三年降臨。該年他終於擁有了一個屬於自己的樂團。有了擁有優異編曲才華的活塞長號（valve trombone）手巴布・布魯克邁爾（Bob Brookmeyer）、與鋼琴手約翰・威廉斯（John Williams）兩位核心成員後，蓋茲的音樂在安定性上更是有了長足的進步。雖然和與吉米・雷尼搭檔的時期相較，此時的音樂較缺乏前衛的刺激，但已開始具有一種成熟的熱度。姑且不論是好是壞，昔日那略顯兇險的青澀「緊張感」——當然，其中帶有強烈的毒品影響——已經日漸消褪。他的音樂逐漸從「酷蓋茲」（Cool Getz）時代轉入「暖／熱蓋茲」（Worm/Hot Getz）時代。此時他已經二十六歲，在音樂雜誌的人氣投票中屢屢盤據高位不退。除了收入漸豐，也有了孩子，並在郊區購買住宅安居。

但這些環境上的改善，並沒能讓他的生活擺脫海洛因的陰影，反而是攝取量與日俱增。該年十二月，史坦・蓋茲應製作人諾曼・葛蘭茲（Norman Grantz）之邀參加了一場名為「迪吉與蓋茲」（Diz And Getz）的錄音場次。蓋茲那酷派的白人次中音薩克斯風手的形象，與狂野的黑人咆哮爵士（Bop）小號手迪吉・葛利斯比（Dizzy Gillespie）雖然事前讓人感覺難以調和，但葛蘭茲不愧是慧眼獨具，到頭來這對組合還是繳出了一張漂亮的成績單。其中安排倆人以快到常人無法吹奏的猛烈節拍演奏了艾靈頓公爵的名作〈給我搖擺，其餘免談〉（It Don't Mean A Thing, If It Ain't Got That Swing），這段演奏可是場名副其實的「大對決」（showdown）。面對葛利斯比的猛烈挑釁，蓋茲可是一步也不退讓，兩人便這麼在相互刺激下吹出了一段又一段緊迫盯人的獨奏。「要吹得那麼快根本是不可能的，」事後他曾如此回憶道，而就是靠這段狂熱到幾乎教人灼傷的現場演奏，蓋茲得以向全世界證明自己絕不單只是個慘白的爵士青年。

不過，在這場成果豐碩的現場錄音後不久，檢察官就來到蓋茲的家中搜查毒品；起因是他太太貝芙麗（Beverly，也是個重度海洛因中毒者）將海洛因帶回家裡。檢察官的出現讓蓋茲陷入一陣狂亂，因從抽屜裡掏出手槍抗拒搜查而當場被逮捕。史坦・蓋茲一生中有過許多毫無意義的不當行為，這明顯的就是其中之一。雖然太太趁機將他手頭的海洛因沖進了馬桶裡，讓他得以免除非法持毒的刑責，但胳臂上的針孔可就藏不住了。依當時的加州刑法，光是吸毒就得面臨重刑。雖然蓋茲繳納保釋金免除了牢獄之災，但一個月後還是被傳喚出庭。

在法庭上認罪後過了兩天的一九五四年一月二十三日，他再度進入錄音室為諾曼・葛蘭茲錄製了四首曲子。當時的成員包括了吉米・羅爾斯（Jimmy Rowles，又作 Jimmie Rowles，鋼琴）、巴布・惠洛克（Bob Whitlock，貝斯），以及馬克斯・羅契（Max Roach，爵士鼓）。演奏的曲目如下：

1. 〈沒有人只有我〉（Nobody Else But Me）
2. 〈依隨你髮梢的風和雨〉（With the Wind and the Rain in Your Hair）

3.〈我沒任何人直到有你〉（I Hadn't Anyone 'Til You）
4.〈在懸鈴木下〉（Down by the Sycamore Tree）

四首都是稍早前的清純流行歌曲。之所以選擇這些較不知名，而且較沒有搖擺感的曲子，或許是吉米・羅爾斯這位「跨時代專家」的個人品味使然。雖然這應該不是個隨隨便便敷衍了事的差事，但錄的曲子沒幾首，成員也是東拼西湊，再加上馬克斯・羅契的鼓聲從頭到尾都是那麼的有氣無力，再怎麼看都稱不上是場有企圖心的錄音。其中第一和第四首被收進了專輯《史坦・蓋茲與酷聲》（Stan Getz and the Cool Sound）中，第二和第三首則被收進了雜燴盤《次中音薩克斯風》（Tenor Sax）裡。

逮捕、出庭應訊，而且將在一個月後被判刑，這一切打擊理應讓蓋茲感到身心俱疲，但他在此時所創造出的音樂雖稱不上極品，但至少品質並沒有明顯的滑落；裡頭依然有著史坦・蓋茲原汁原味的優良演奏品質，只不過這回似乎多了幾分淡淡的哀愁。不過他那對憂鬱的雙眼所看到的，其實是個只適合創造出美妙音樂的空想桃花源；看來當時的蓋茲很可能正置身他自己所謂的「阿爾法狀態」吧。他在作者不明的抒情曲〈在懸鈴木下〉中那悠閒的獨奏尤其堪稱一絕。雖然乍聽之下並不覺得有多特別，但卻是越聽越有味道。而在傑若米・肯恩（Jerome Kern）鮮少為人選上的佳作〈沒有人只有我〉中那自在的分句也教人難忘，尤其是以羅爾斯的鋼琴獨奏起頭的最後一段主歌更是美妙得令人心醉。

即將到來的法院判決將讓史坦．蓋茲坐上至少九十天的牢，意味著他將過上好一段沒毒可吸的日子。身為一個老練毒蟲，他當然知道這會像地獄一樣難熬。因此他事前便開始以安眠藥①當替代品戒了一陣子海洛因，好讓自己能適應沒有海洛因的日子。不過當時完全不是適合做這種事的好時機。那時蓋茲正在參加強．諾曼（Jean Norman）所主辦的「就是爵士音樂會」（Just Jazz Concert），得在太平洋北部地區巡迴演奏。其中除了他以外，還有祖特．辛姆斯與沃戴爾．葛瑞（Wardell Gray）兩位次中音薩克斯風手，每晚三人都得展開一場又一場的次中音薩克斯風大對決，在舞台上無時無刻都得使出渾身解數。剛戒了毒的蓋茲全身飽受疼痛、發冷，也就是俗稱「冷火雞」（cold turkey）症狀的折騰。在巨痛的打擊之下，他失去了自信，陷入憂鬱狀態，和周遭所有人都發生了衝突。再加上安眠藥和酒精雙管齊下的副作用，幾乎將他的正常意識全給破壞殆盡。

在最後一場的西雅圖演奏裡，最糟糕的狀況終於發生了。痛苦難耐的蓋茲，在早上七點四十分闖進了旅館對面的藥房搶劫。他佯裝口袋裡藏著槍枝，威脅店員將嗎啡交給他。但店員一眼就識破他口袋裡根本沒槍，他只得一無所獲地逃回旅館。沒多久警察就趕了過來，以搶劫未遂的名義逮捕了陷入錯亂而在走道上遊蕩的蓋茲，並拘留了他。但幾小時後，負責巡房的所員發現蓋茲陷入昏迷躺在牢房裡。原來是在被逮捕前，他已經把剩餘的安眠藥全給吞了下去，並在這時開始產生呼吸障礙。大家連忙將他送進急診室進行氣管切開手術；即使當時他的狀況已經嚴重到即使死了都不足為奇，但還是在千鈞一髮中保住了一條命。也不知道這究竟是他在錯亂中所發生的意外，還是蓄意自殺。

加州法院以吸毒罪名判處了蓋茲六個月有期徒刑。至於在西雅圖的搶劫未遂和自宅中的持槍拒捕竟然沒讓他被加判妨害公務，只能說是運氣好。蓋茲很快就被關進了位於洛杉磯綜合醫院內的牢房裡，並在醫師的指導下度過了「冷火雞」症狀最嚴重的階段，接著便被移監至洛杉磯郡立監獄。在他於八月十六日恢復自由身時，體重已有明顯增加，戶外勞動也讓他的臉龐曬出了健康的膚色。克服了毒癮發作時期的他，之後理應有機會開始過起無毒的健康人生。大多曾坐過牢的樂手都會選擇這條路，因為他們認為戒毒要比再被關一次好上太多了。

不過蓋茲選擇的卻是另一條路。雖然為了避免過度沾染毒癮，這時的他已和毒品保持某種程度的距離，但還是無法逃離海洛因的魔掌。他已經沉溺於海洛因到了無法自拔的地步了。從十幾歲開始，他就已經染上毒癮，說來他的人格與樂手形象的形塑，和海洛因都脫離不了關係；說得極端點，這毒癮甚至已經成了他人格的一部分。除了服刑期間外，打從十五歲以後，他幾乎沒有一天沒吸過毒。因為如此，他已經養成了一種無法面對自己真正情感的體質；即使強迫自己不沾染毒品——也就是誠實面對自己的真正情感——他也難逃憂鬱症的劇烈侵襲。這憂鬱症不僅讓他變得脾氣兇暴，甚至還逼他做出了種種自我毀滅的行為。史坦・蓋茲人生的大半，就這麼在來回於重度毒癮與憂鬱症之間度過。

出獄後沒過多久，蓋茲便重返樂壇。畢竟在入獄服刑的半年期間幾乎沒半點收入，為了餬口，他也必須賺點前來貼補。他的第一樁差事是在出獄後第三天，在洛杉磯的「蒂芬妮俱樂部」（Tiffiny Club）與查特・貝克同台演出。查特在這段時期已經完全染上了毒癮，演奏的品質因此顯著下滑。雖然鋼琴手路斯・弗里曼（Russ Freeman）那帶知性的清脆琴聲提振了樂團不少士氣，但從留存至今的幾張現場錄音聽來，這段期間的演奏大都頗為溫吞。史坦・蓋茲在此之前也曾與查特同台演出過幾次，但他們倆合作的作品在品質上實在有待商榷。他們倆曾嘗試重現傑瑞・穆勒根四重奏（Gerry Mulligan Quartet）中的對位法演奏，但比起小號與低音薩克斯風（Baritone saxophone）那充滿抑揚頓挫的搭配，小號與次中音薩克斯風的組合實在是稍嫌刺耳；兩種聲音混在一起實在難以各司其職。再者，他們倆之間也常為了爭取觀眾的人氣而相互較勁，畢竟兩者不僅性格都有欠安定，而且還都同樣是不服輸的自大狂，打一開始就不可能合得來。

詹姆斯・蓋文（James Gavin）曾在查特・貝克的傳記《深陷夢中》（*Deep in a Dream*，克諾普夫出版）中如此敘述他們倆的關係：

> 他們倆之間有些摩擦的主因是毒品。雖然自己也是海洛因的癮君子，但貝克對其他毒品吸食者卻抱持著一種道德上的嫌惡。而蓋茲在他眼中，不過是個下三濫毒蟲。在造

訪貝克與弗里曼位於好萊里奇踀夫（Hollyridge Drive）的住處時，蓋茲不斷在這對過的窮苦生活的室友們面前誇耀自己收入有多高，接著便走進浴室，吸食了過量的海洛因。這種事蓋茲已經幹過不知幾次了。貝克和他們的鋼琴手夥伴只好將他扔進浴盆，讓他在冰水裡泡到恢復意識為止。

與查特合作演出後，蓋茲再次回到與布魯克邁爾合作的樂團，在洛杉磯的小型爵士俱樂部舉行了為期兩週的演奏。接著他又率領該樂團參加了諾曼·葛蘭茲舉辦的巡迴演唱會「現代爵士音樂會」（Modern Jazz Concert）。十一月八日，在洛杉磯的神殿大會堂（Shrine Auditorium）舉行的最後一場演奏會，在現場錄音後成了專輯《神殿現場》（At the Shrine）。在這張專輯一開始，可以聽史坦·蓋茲所發表的一場不算短的演講。當時有約七千人來到「神殿」，面對這麼多聽眾，蓋茲的嗓音顯得有點緊繃。在演奏完專輯中的第一首中板速度的曲子〈佛朗明哥〉後，他順口說出：「不知各位有沒有聽出剛才演奏的是〈佛朗明哥〉？我們自己竟然也差點忘了自己該怎麼演奏。噢，不過這種事並不常發生，只碰到過兩三回……」。這應該是個玩笑話吧，因為樂團在演奏這首曲子時並沒有任何脫線演出。不過聽得出他似乎真的很緊張；這首〈佛朗明哥〉演奏得並不差，但有些地方就是顯得有點放不開。

來到現場的聽眾，大半都知道蓋茲才剛出獄（這個消息已在全國被大肆報導），因此他一上台，馬上獲得比任何表演者所得到的都熱烈得多的掌聲。這幾乎可說是個「認證儀式」，看得出大家是多麼熱愛他的樂器所吹出的美妙音樂，為此對他的缺點都願意睜一隻眼閉一隻眼。大家赦免了他，這位樂手也接受了大家的赦免。因此只要是能力所及，蓋茲都願意滿足大家的期待。在這張《神殿現場》的現場錄音專輯裡，聽得出一股舞台與聽眾席之間的心靈交流。拜這股前所未見的溫暖氣氛所賜，這個五重奏當晚是越演奏越放得開，而且越充滿創意。

蓋茲與布魯克邁爾在音樂上的合作表現，遠比和查特的更為緊密、更具說服力，而且也更放得開。布魯克邁爾在個性上並不屬於明星型，而是個偏好退一步專心演奏的樂手。比起激烈的即興彈奏，他較偏好瀟灑的編曲和追求高品味的音樂品質。雖然在樂團的樂風上，他和查特一樣重視對位法，但並不會像查特和蓋茲合作時那樣互相競爭，像單挑似的搶著演奏。活塞長號這種樂器本身就不具擔綱當主角的音色，而且從布魯克邁爾的演奏聽來，他似乎也滿足於為蓋茲這位主角的演奏做補強。有了布魯克邁爾溫和的後援，蓋茲得以無後顧之憂地盡興演出獨奏。說老實話，我幾乎從未喜歡過巴布．布魯克邁爾這種帶「新保守主義」傾向的演奏風格，但單從這張《神殿現場》的現場錄音專輯聽來，他和蓋茲在音樂上的相輔相成還真是教人佩服。他的樂風中那股安定性，對蓋茲這種天賦異稟（同時也帶有許多精神上的問題）的人來說，就好比一座穩定的錨。在演奏一開始兩人那極具說服力的默契，以及蓋茲在跳脫這種默契時那自由奔放的演奏所形成的強烈對比，賦予了這張現場錄音專輯令人激賞的深度。和該團其他在錄音室錄製的專輯相比，這張《神殿現場》的現場專輯之所以如此優異、刺激，很可能就是因為這種同時存在的對比，在演唱會上更能鮮活地展現出來的緣故吧。這讓我認為史坦・蓋茲基本上是個能依聽眾與同僚樂手的反應、隨機作即興的「現場」演奏的音樂家。不過這並不代表他的現場演奏悉數是上乘之作。

我曾在史坦・蓋茲於一九七〇年代前半到日本時聽過他的巡迴演奏。當時的組合是個單管四重奏，為他伴奏的成員是由瑞奇・白拉赫（Richie Beirach，鋼琴）、戴夫・荷蘭（Dave Holland，貝斯）和傑克狄強奈（Jack DeJohnette，爵士鼓）所組成的年輕氣盛、衝勁十足的節奏組。不消說，當時我滿懷將欣賞到一場火辣的爆炸性演奏的期待出門，遺憾的是結果卻讓我頗為失望。最大牌的蓋茲不過隨隨便便獨奏了幾段副歌，便躲回了休息室裡。他不在舞台上時，節奏組反而在史坦・蓋茲缺席的情況下，長時間以火熱的風格演奏出自己的音樂。當然，他們的音樂本身就已經夠精采，即使抽離史坦・蓋茲這個大牌水準也絲毫不減。在這三重奏的演奏即將結束時，蓋茲再度躍上舞台，不揮一滴汗珠地吹出了最後幾段副歌，一首曲子便宣告結束。整場演出幾乎都是如此。當然，蓋茲的演奏無論音色或樂句都是幾近無懈可擊。但其中完全讓人感覺不出他和節奏組之間有絲毫音樂上的交流，也沒有讓聽眾感覺宛如置身天國般的美妙氣氛。蓋茲吹奏的是蓋茲自己的音樂，節奏組演奏的則是節奏組自己的音樂，就連一瞬間四人都沒能化為一體、迸出火花。對我而言，這實在是一大遺憾。畢竟以一個爵士樂迷自居的我，長期以來是那麼的熱愛史坦・蓋茲的音樂。在十來歲的青少年歲月裡，即使其他人都深為約翰・柯川和艾瑞克・達菲（Eric Dolphy）所迷，我都還執拗地支持、熱心聆聽著史坦・蓋茲的音樂。

當時坐在聽眾席上的我閉上了眼睛，不斷告訴自己：「要是蓋茲認真起來，應該會吹出這樣的音樂吧」，並在腦海中幻想著架空的音樂，靠自己的想像力來補充現實的不足。因此直到今日，我仍無法正確地回想起當時在音樂廳裡實際演奏的是什麼樣的音樂。到了現在，當時在現實世界中演奏的音樂、和我同時在腦海裡幻想的架空音樂，已經是融合得密不可分了。

史坦・蓋茲曾數度訪日，但在日本從來沒有好好演奏過。有人說：「他把日本聽眾當傻瓜，所以表演偷工減料」。也有人說：「因為日本毒品取締十分嚴格，讓他沒辦法好好過個癮，因此才會演奏得有氣無力的」。也不知道哪一種解釋才是正確答案。也可能以上皆是。也可能以上皆非。

在一九五四年十二月，也就是「神殿」演奏會的隔月，蓋茲又錄製了另一張令人回味無窮的現場錄音專輯。當時他以特別來賓的身分參加貝西伯爵（Count Basie）的樂團在紐約的爵士俱樂部「搖滾鳥園」（Birdland）的演出，在其中獨奏了三首曲子。從這段演奏中，可以聽出蓋茲是個多麼優秀、多麼有彈性的演奏家。凡是高品質的音樂，他都能夠打破類型的藩籬，自由自在地穿梭於各種音樂世界之間。當時的貝西伯爵樂團是個擁有一流黑人樂手陣容、傲視全球的重量級大樂團，但蓋茲也能毫不躊躇地將自己的音樂觀給帶進他們的世界裡。這場獨奏同時也是他獻給曾為貝西伯爵樂團看板的次中音薩克斯風前輩李斯特・楊的禮讚，流露出他對李斯特的敬愛是多麼的溫暖、真誠。而貝西伯爵樂團的成員們也使出渾身解數伴奏，為他這場精采的獨奏作了認證。

李斯特・楊對戰後如雨後春筍般出現的年輕白人「冒牌李斯特・楊」次中音薩克斯風手們屢有酷評。他認為這些傢伙們「專挑好地方偷」，不知廉恥地剽竊了他的樂風，將之改變成商業性的白人音樂。不過從這場貝西伯爵樂團的演奏聽來，便能理解史坦・蓋茲不過是誠懇地引用了李斯特的長處，無私地假自己之手將它發陽光大。直到他的生涯盡頭，蓋茲都沒讓自己的音樂被「類型小說化」。換句話說，他無時不在避免讓自己的音樂陷入任何刻板的框架。這就是他和其他李斯特派的白人次中音薩克斯風手的不同之處。蓋茲曾表示：「優秀的爵士樂手多數是黑人。但白人裡頭也有少數幾個毫不比他們遜色的優秀爵士樂手。我相信自己就是其中之一」。這段話聽起來或許有點傲慢，但不管從哪個觀點來看，他所說的都是百分之百的事實。

在為人上，蓋茲或許有許多嚴重的問題。他的人生是那麼的傷痕累累，終其一生都沒能從與世界的摩擦中獲得解放。但無論處境如何，他都以百分之百的真誠與奉獻追求自己的樂風，以及一個前所未見的桃花源美景，並終生為摸索和滿懷衝勁的新世代樂手合作的模式努力不懈。憑著這股熱忱，他和巴莎諾瓦有了一場幸福的邂逅，也有緣和奇克・柯瑞亞

（Chick Corea）與蓋瑞・伯頓（Gary Burton）相互啟發。在不同時代裡，他都不忘追求新的音樂形式。不過他那渾然天成的美妙樂感，基本上可是從來沒移動過分毫。這就是蓋茲這位音樂家永遠不變的風格。只要聽到一小段樂句，我們馬上就能聽出這是史坦・蓋茲的音樂。而他不過是憑著本能，不斷摸索能將他的風格發揮得淋漓盡致的嶄新、刺激的音樂環境罷了。即使身體已為癌細胞深深腐蝕，他的音樂還是不失那股同樣的勁，技巧也不見絲毫衰退。而他的音色，更是到最後的最後都沒失去過那股新鮮感。

說實在的，史坦・蓋茲晚年的演奏總是讓我聽得十分難過。樂聲中那股看破紅塵的氣氛，常教我聽得喘不過氣。這時期的音樂是那麼的美麗、深邃。尤其是最後和肯尼・巴倫（Kenny Barron，鋼琴手）的二重奏中那股緊迫感，聽來幾乎教人毛骨悚然。就音樂而論，這應該是個了不起的成就。雖然他屹立不搖地創作出了這音樂，但不知怎的，我感覺這音樂想說的實在太多；它不僅過於飽滿，樂聲也過於緊密。或許有一天，我會愛上這種蓋茲晚年的音樂，但目前還辦不到；它對我的耳朵來說，實在是太殘酷了些。其中昔日那純潔的桃花源已不復見，有的只是史坦・蓋茲這個人的精神，和自己所創造出來的音樂世界的激烈肉搏。

感覺上，我還想再好好欣賞一陣子那東西不分、只憑一支次中音薩克斯風，在黑暗中與看不見的惡魔交鋒、不斷追逐彩虹的盡頭的史坦・蓋茲年少時期的英姿；也只想閉上嘴，甚至放空一切思緒地細心聆聽，他那本著迅速移動的手指和纖細的呼吸，奇蹟般的揮灑而出的美妙音樂。在這種時候，他的音樂都能遙遙凌駕一切的——當然也包括他自己的——不合理。它是一種擁有同步同調的肉體，並處於絕對孤獨的思緒，也是一種建築在慾望上的形而上風景。基於這個理由，只要一想到史坦·蓋茲，我都會拿出古老的靴子腿版（Roost）或神韻唱片（Verve）版唱片，放到唱盤上。他當時的音樂充滿著從超乎想像、出乎意料的其他世界吹來的空氣、以及打破類型藩籬的自由寫意。對他來說，超越世間一切限制實在是輕而易舉。就連自我矛盾都被他轉換成了普遍性的美。但當然，他也不得不為此付出代價。「爵士樂這東西，」晚年他曾在一次訪談中，宛如自暴家庭失和的祕密般坦承：「其實是夜裡的音樂」（night music）。

感覺上，這句話似乎道盡了史坦·蓋茲這位樂手，以及他所創造出來的音樂的一切。

①譯註：原文作Barbiturates，譯名為巴比妥酸鹽藥物，為一種鎮靜催眠劑。

getz
COOL SOUNDS

布魯斯・史賓斯汀和他的美國

布魯斯·史賓斯汀

（Bruce Springsteen，1949- ）

生於新澤西州。1973年出道。75年以暢銷作〈為奔馳而生〉（Born to Run）走紅歌壇。歷經80年的《河流》（The River）後，於84年以《生於美國》（Born in the USA）寫下爆發性的暢銷紀錄，登上超級巨星寶座。

帶領全場觀眾一起哼唱〈飢渴的心〉（Hungry Heart）的主歌，是布魯斯·史賓斯汀演唱會中的例行公事之一，但若曾在現場聽過超過八萬聽眾齊聲合唱這首歌，即使曾觀賞過他的演唱會好幾次、知道這是個「例行公事」的樂迷，都仍會為這合唱的威力所震懾不已。雖然很遺憾，我從沒到現場聽過他的演唱會（相信各位都知道要買到票幾乎是難過登天），但即使聽的是現場錄音專輯，還是能感受到這股撼動人心的魄力。而比任何一切都讓我啞口無言的，就是這首歌的歌詞了。內容是這樣的：

我在巴爾地摩有老婆孩子。
有天我開車離家，就沒再回頭。
像條川流不息的河，也不知該駛向何方，
轉錯了一個彎，依然繼續開下去。

每個人都有顆飢渴的心。
每個人都有顆飢渴的心。
押下你的賭注，一路賭下去。

每個人都有顆飢渴的心。

Got a wife and kids in Baltimore, Jack.
I went out for a ride and I never went back.
Like a river that don't know where it's flowing,
I took a wrong turn and just ket on going.

Everybody's got a hungry heart.
Everybody's got a hungry heart.
Lay down your money and you play your part.
Everybody's got a hungry heart.

這歌詞內容如此黑暗、故事如此複雜，但八萬聽眾卻能背誦整首歌——或至少其中大部分——來個大合唱，可是個鐵錚錚、同時也教人驚嘆的事實。從七〇年代到八〇年代早期，我過的是對搖滾樂幾乎沒興趣的生活（一方面是因為忙著餬口，再者對音樂的內容也沒太大興趣），唯有布魯斯・史賓斯汀的唱片會不時聽聽。兩張一套的《河流》（The River）是我常聽的唱片之一，尤其是收錄其中的〈飢渴的心〉可說是我的最愛。

但後來聽到五張一套的CD版《現場／一九七五至八五年》（Live/1975-85）中現場錄音版的〈飢渴的心〉，以及那聽眾的大合唱時，我對布魯斯．史賓斯汀這位歌手可就越來越有興趣了。我感覺這首歌似乎有著什麼重要的含意。最讓我著迷的，就是歌裡那「共鳴性的故事」。在搖滾樂的歷史中，還有哪首歌曾被賦予如此有深度的歌詞（巴布．迪倫？不管是好是壞，在此請大家了解一個事實：他的音樂從一開始就不該被歸類為搖滾樂，在某段時期甚至還被迫放棄被稱為標準搖滾樂的資格）？

一九八四年夏天，我初次造訪美國，目的之一是訪談小說家瑞蒙．卡佛（Raymond Carver）。一抵達美國，在搭計程車離開機場時，率先映入眼簾的就是一幅甫上市的專輯《生於美國》（Born in the USA）的巨大廣告看板。那光景我至今依然記憶猶新：巨大的星條旗、褪了色的牛仔褲，後褲袋裡隨便塞了頂紅色的棒球帽。沒錯，一九八四年正是布魯斯．史賓斯汀叱吒風雲的一年。這張專輯成為驚人的暢銷作，美國各個角落都在播放他的歌曲，例如〈在黑暗中熱舞〉（Dancing in the Dark）和〈生於美國〉。同時洛杉磯奧運也在該年舉行，雷根還隨壓倒性勝利連任美國總統。失業率突破兩位數，勞工階級被隨不景氣而來的沉重壓力給壓得喘不過氣。經濟結構的劇烈轉換，一步步將一般勞工階級的生活推向灰暗深淵。然而在我這個旅客眼中，看到的只有粉飾太平的樂天主義，以及為慶祝建國兩百週年和奧運而四處飄揚的星條旗。

在瑞蒙．卡佛位於華盛頓州奧林匹克半島的宅邸客廳裡，正當我們倆面對面地聊著他的小說內容時，我突然想起布魯斯．史賓斯汀這首〈飢渴的心〉的歌詞。當時我心想：這首歌的歌詞，和瑞蒙．卡佛小說裡的一段還真有異曲同工之妙啊。兩者之間的共通點，就是它們同樣刻畫出美國藍領階級所抱持的閉塞感，以及這股氣氛為整個社會帶來的「bleakness＝荒蕪心境」。藍領階級大都習於保持沉默、沒有屬於自己的代言人。饒舌多辯並不見容於他們的價值觀。在漫長歲月中，這一直是他們唯一的生活方式。他們總是默默地工作，默默地過人生，就這麼經年累月地擔任美國經濟的重要支柱。瑞蒙．卡佛在他的故事中所寫、布魯斯．史賓斯汀在他的故事中所唱的，就是這種美國藍領階級的生活、心境、夢想，以及絕望，讓他們倆在八〇年代中成為屬於美國藍領階級寥寥可數的珍貴代言人。

不過，當時我對瑞蒙．卡佛的人格還缺乏了解，雖然曾翻譯過他的幾篇短篇小說，但還沒能把他的作品讀得夠多、夠透徹。再者，在一個初次見面的作家面前，「您的小說，調性和一位名叫布魯斯．史賓斯汀的搖滾歌手的歌詞有些共通點。」這種話實在是說不出口（如果他脾氣差些，說不定還會把人家惹火哩）。因此當時我也就避過不提。不過從那時起，我就堅信他們倆所創造出的世界之間必有某些共通點。

〈生於美國〉在日本和美國往往都被當成一首單純的美國禮讚歌。事實上，這首歌的歌詞含意其實是殺氣騰騰。這麼一首歌竟然能成為熱賣數百萬張的暢銷單曲，還真是難以置信。在搖滾音樂史上，受到最多誤解的歌曲可能非它莫屬吧。歌詞的內容是這樣的：

生於一個死氣沉沉的小鎮
一呱呱落地便被踢了生平第一腳。
到頭來成了一隻被打得遍體鱗傷的狗。
此時你已花了大半輩子試圖保護自己。

生於美國
我生於美國
我生於美國
生於美國

Born down in a dead man's town
The first kick I took was when I hit the ground
You end up like a dog that's been beat too much

Till you spend half of your life just covering up

Born in the USA
I was born in the USA
I was born in the USA
Born in the USA

但不知何故，大家對這歌詞的內容幾乎都是毫不關心。或許是礙於布魯斯・史賓斯汀那獨特的爆發性嘶啞唱腔，就連美國人都聽不清他到底在唱些什麼的緣故吧。但即使如此，整個社會也實在太過忽略史賓斯汀在這首歌裡訴說的沉重訊息了。克萊斯勒汽車公司曾企畫在新車宣傳活動中使用這首歌，並呈上一千兩百萬美金的鉅額酬勞（當然，布魯斯當場就回絕了）。《新聞週刊》（*Newsweek*）將布魯斯・史賓斯汀譽為「搖滾樂界的賈利・古柏」，封他為「美國好男人」（All-American nice guy）。雷根在新澤西州為總統選舉進行造勢演講時，為了拉攏選民，也曾如此拿布魯斯・史賓斯汀當話題：

「美國的未來，就寄宿在各位心中的成千上萬個夢想中。美國的未來，也寄宿在許許多美國年輕人熱愛的歌曲所傳達的滿懷希望的訊息中。是的，我指的就是生於貴寶地——新澤西的布魯斯・史賓斯汀的歌曲。而幫助各位完成這種夢想，就是我的職責。」

說真的，想必雷根從不曾認真聽過布魯斯・史賓斯汀的音樂。要是他聽得夠仔細，這首歌裡蘊含著美國年輕人「滿懷希望的訊息」這種話應該就要說不出口了。在這場演講後，助選員被一位新聞記者問到：「那麼，請問雷根最喜歡史賓斯汀的哪一首歌？」，當然也詞窮了（翌日他們向媒體表示答案是〈為奔馳而生〉（Born to Run），未免也挑得太草率了吧）。總而言之，不管怎麼看，在演講中舉這個例實在是個搭便車的壞示範。若要說史賓斯汀的歌裡能讓人找到什麼希望，就只是藉由共同擁有一種終能從對體制的極度絕望中脫身的夢想形骸，人們——甚至該說是默默無名的人們——得以期望能勉強產生一股共鳴。而雷根正是這「對體制的極度絕望」的一大幫兇。

不消說，在布魯斯・史賓斯汀高聲吶喊「我生於美國」時，其中必是潛藏著憤怒、懷疑與哀愁。他心中那股痛切的思緒，傾訴著「我所出生的美國應該不是這麼樣的國家、絕對不能是這麼樣的國家」。長年支持史賓斯汀的忠實歌迷「老大迷」①們，當然能馬上理解這個訊息。不過對在《生於美國》熱賣後才首度發現他的存在的一般大眾來說，歌詞的內容是聽得左耳進右耳出，加上曲調本身實在太容易朗朗上口，這首歌就這麼被他們當成流行現象給消化了。唱片封面中出現的巨幅星條旗，也成了導致這種誤解的一大要因。布魯斯在其中逆向操作、精心加入的諷刺性含意（implication），就這麼活生生被巨大的消費狂潮中給吞沒了。而且諷刺的是，這件事還發生在「雷根時代」開始時②。無論布魯斯的本意為何，〈生於美國〉在商業上所獲致的成功，大部分是受到為雷根主義催生的倫理（ethos，或譯氣質）

所加持，恐怕是毋庸置疑的。

關於這個天大的誤解，其實布魯斯・史賓斯汀與製作人約翰・藍度（John Landou）自己也是難辭其咎。〈生於美國〉原本是為專輯《內布拉斯加》（Nebraska）所寫的伍迪・格斯利（Woody Guthrie）式抗議歌曲。布魯斯獨自演唱、並以自家內的小型四軌錄音座錄製了這首歌的母帶〔這段錄音後來被收錄進了四張一組的CD《歷程》（Tracks）中發行〕。但由於這首歌與專輯的概念不甚符合，因此並未在當時發表。後來才在經過流行曲風的編曲後，被收錄進概念迥異的專輯《生於美國》裡頭，但這首歌清楚的含意與其旋律輕快的包裝之間，實在有著極為明顯的乖離。而馬克斯・溫柏格（Max Weinberg）威力十足的鼓聲，與洛伊・畢坦（Roy Bittan）單純如念咒的合成電子琴伴奏，更是將曲中原有的抗議訴求包裝成了慶典式的歡騰。

為了填補這個乖離，電影導演約翰・路易斯（John Luis，本身也是藍領階級出身）所拍攝的〈生於美國〉MV引用了越戰的新聞片段，以及美國勞工階層的生活花絮等影像。但這太具說明性的引用卻使MV本身淪為一部極不搭調、生命力匱乏的作品，與稍早由布萊恩・迪・帕瑪（Brian De Palma）所拍攝的〈在黑暗中熱舞〉那樂觀輕浮、至今仍說服力十足的MV形成了強烈對比。

說得嚴苛點，這內容的齟齬／乖離就成了《生於美國》這張專輯基本結構上的缺點。客觀而言，《生於美國》是一張製作精良、成果不凡的專輯，也理所當然地獲得了商業上的成功，而且還是壓倒性的成功。就連我自己也深受吸引，把它放上了唱盤好幾次。

但二十年後的今天，再次聆聽布魯斯・史賓斯汀的作品時，卻發現反而是《河流》或《內布拉斯加》等更早期的專輯中那一貫的、率直的心境更能讓自己深受吸引。而《生於美國》這張專輯只要聽個幾次，就讓人越來越在意其中那「齟齬」的部分與歌曲間概念上的衝突。或許是經過對前作《內布拉斯加》那過於粗獷的個人風格的反省，布魯斯試圖將下一張專輯製作得更悅耳易懂（這本是個理所當然的考量），但這回卻修飾得過了頭。這專輯竟然會狂賣到這種地步，甚至還衍生成一股社會現象，想必就連布魯斯與藍度本人也是始料未及吧。於這始料未及的成功，卻也成了讓布魯斯・史賓斯汀的人生——至少在一段時間內——罩上一層陰影的前兆。

如何修復自己的音樂裡因《生於美國》而被凸顯的搖滾音樂性與故事性的乖離，從此成了布魯斯・史賓斯汀人生中最重要的課題。再者，不再屬於藍領階級、業已躍身富可敵國的搖滾巨星的他，是否還有資格再為貧苦的藍領階級唱些什麼，也成了一個根本的、道義上的疑問；這下他不得不試著找出下一個具說服力的個人新風格。不過這畢竟是個耗時耗力的大工程；對已經成為（雖然並非他本人所期望）社會象徵的布魯斯來說，該如何拿捏個人風格與普遍性之間的界線，已經成了一個困難重重的課題。在這段期間，史賓斯汀先是解散了誇稱鋼鐵陣容的E街樂團（E Street Band），後來又再度復合。在這段漫長的嘗試錯誤期間有解構，也有再建構。

容我再將話題轉回瑞蒙·卡佛與布魯斯·史賓斯汀的共通性上。

他們倆人都生於生活並不寬裕的勞工階級家庭。卡佛的父親在華盛頓州一個以木材工廠為命脈的小鎮當整備工人，但飽受酒精中毒所苦，生活十分貧乏並有欠安定。

布魯斯·史賓斯汀則是生於新澤西州一個叫菲力荷（Freehold）的小鎮（套一句布魯斯歌詞中的說法，那是個死氣沉沉的小鎮——deadman's town），父親曾在當地工廠上過班，也曾在監獄當過獄卒，還開過計程車，而且每個工作似乎都幹不久。「我家裡幾乎找不到一本書。」兩人回想自己成長過程時，都曾異口同聲地如此說道；雙方的家庭都沒閒情關心任何藝術方面的事物。光是繳帳單、填飽肚子一天天活下去，就已經夠他們的父母忙的了。

生活在這個圈子裡的人，都把孩子一旦從高中畢業——如果能順利畢業的話——，就到祖父和父親曾任職過的工廠上班、領張工會會員證（union card）、過起與祖父和父親同樣（缺乏色彩）的人生視為理所當然，能進大學的也是少之又少。許多青少年都曾有過一段狂野豪放的青春時代，但這光輝歲月並不會持續多久，二十出頭他們就得結婚生子，在為五斗米折腰的生活中蛻變成無奈的大人。每天早上駕著貨卡到工廠上班、做著一成不變的工作、太陽一下山就進酒吧和夥伴們喝酒，聊著一成不變的過去。在美國無數的小鎮中，許多人都以這種世世代代傳承下來的生活方式過活。這種生活裡沒有救贖，也沒有值得一提的夢想。

布魯斯的名曲〈光榮時光〉（Glory Days）就切實地刻畫出了這種封閉感。

不過卡佛與布魯斯都清楚地對這種「美國小鎮」世代傳承的人生說了No。史賓斯汀拒絕接受任何工作，執意要當一個搖滾歌手。卡佛則是在高中畢業後，和父親同在一家木材工廠上了幾個月班，接著便決定「不再為這種工作虛度人生」，並立志成為一個作家。他們倆就這麼離開了自己的故鄉。當時卡佛已經結婚了。套一句布魯斯・史賓斯汀的歌詞，情況就是如此：

瑪麗，上車吧。
這鎮上充滿了失敗者。
我要離開這個鬼地方，當個贏家。

So, Mary, climb in
It's a town full of losers
And I'm pulling out of here to win

〈雷霆路〉（Thunder Road）

到頭來他們都實現了各自的夢想。當然途中或有曲折，但一個當上了小說家，另一個也當上了搖滾歌手。而且兩者都藉由栩栩如生地描繪出勞工階層的生活與心境，建立了自己創作者的形象，並達成了劃時代的偉大成就。

不過，若要提到他們倆最大的共通點，或許就是兩人都認為自己這偉大的成就**純粹是奇蹟**。看到自己所達成（雖然這當然也是他們自始至終所熱烈追求的）的成就，他們的第一個反應似乎並不是高興，而是驚訝不已。他們搞不懂自己到底是怎麼熬過來的，噢不，甚至還獲得了這種空前絕後的壓倒性成功。他們以雙腳踩了腳下的地面不知幾回，納悶這成功到底是不是真的。就這點來說，他們倆為人都十分謙虛。就算成功了，他們也不會失去強烈的創作慾與質樸的生活感。或許這種腳踏實地的資質，就是讓他們成為勞工階層代言人的最大要因吧。

史賓斯汀菸酒不沾，也不吸毒。他並不像一般的搖滾巨星般放浪形骸地過生活。他喜歡獨處，討厭派對，喜歡看書。而瑞蒙．卡佛雖然差點因酒精中毒喪命，但撿回一條命後，他開始過起節制的生活，傾全力創作小說。他徹底迴避文壇的交際應酬，在華盛頓州奧林匹克半島尖端的一個小鎮裡過著孤立的生活。至少在生活層面上，成功並沒有讓他們迷失。想必他們必定很怕這發生在自己身上的奇蹟，哪天醒來可能會煙消雲散，將自己再度打回那好不容易逃了出來的地獄。因此他們必須保持謙虛的態度，並比以前更努力創作。

當然，描繪勞工階層的文學或音樂在美國也不是前所未有。但一如艾瑞克．阿特曼③所指摘的，美國文壇在接觸到以屬於勞工或貧困階層的人物為主角的作品，在將之視為純藝術以前，總會先把它歸類為「政治批判的產物」。主要原因之一，是美國的文化和藝術基本上是由以東岸為中心的知識菁英所主導的緣故。另一個原因則是個現實的問題；那就是在深受羅斯福新政政策④所影響的史坦貝克的世代後，就幾乎沒再出現任何真摯地試圖描繪勞工階層生活的藝術家。這種創作態度，在五〇年代前半麥卡錫主義席捲美國後，就被徹底毀滅了。之後，在美國雖曾有五〇年代的披頭族世代⑤、與六〇年代的嬉皮世代等向社會主流說No的藝術運動等，但這類運動悉數是在與勞工階層完全無緣的層面上發展。而這些運動在文學方面的傾向（懷疑論與樂觀的理想主義）到頭來就衍生成了後現代主義。雖然其中偶有文學佳作，但到頭來大多都在各領域中化為僅供都會知識分子吟味的「知性遊戲」。

至於搖滾樂方面的發展，七〇年代的搖滾樂可說是在迪斯可與龐克兩種方向之間徘徊游移。六〇年代的搖滾那粗獷的創造性已經成了遙遠的過去式。因此迪倫迷失了，麥卡尼貪圖安逸，少了布萊恩的海灘男孩失去了聽眾，滾石也被鎖進了廣為世人所認知的狂野樂風的窠臼中。

率先打破這種文化停滯僵局的，當然就是瑞蒙．卡佛與布魯斯．史賓斯汀這兩號人物。他們倆在各自的領域中默默耕耘，起初並沒有吸引到任何目光，但隨著影響力日漸擴大，他們終於受到注意，甚至成了威震四方的重量級角色。卡佛以自己的一系列作品，創造出被譽為「美國新寫實主義」（American New Realism）的文學潮流，史賓斯汀則隻身實現了搖滾的文藝復興。區區兩位勞工階層出身的創作者，竟然就為社會帶來了一股新氣象，任誰想不注意都難吧。

他們倆之間還有一個令人刮目相看的共通點，那就是倆人完全沒被捲入六〇年代的反抗文化、嬉皮運動、反戰運動，以及從中衍生而出的擬似革命運動，和接下來的後現代主義等一連串「六〇年代症候群」。說老實話，當時他們倆根本沒閒工夫參加這些運動。在六〇年代後半，他們倆都過著無暇四顧的慌亂生活，日子裡充滿了挫折與焦慮。他們唯一能做的，就是緊緊抓住自己的夢想一天一天活下去。布魯斯從社區大學中輟學，僅能靠樂團活動有一頓沒一頓的勉強餬口。卡佛則是勉強念完大學，還進了研究所，但結了婚還有兩個小孩，光為維持生計就要把他累壞了。雖然他拼湊出時間拼命寫小說，但幾乎都賺不到幾個錢，飽受挫折的他因此開始酗酒。基本上，到頭來僅在念大學的富家子弟之間流傳的反抗文化和嬉皮運動，對他們倆來說根本是另一個世界的事。

避開了「六〇年代症候群」的倆人就這麼發展出了自己嶄新的世界觀，到了反抗文化瀕臨潰滅狀態的一九七〇年代中期，終於開始展現強烈的說服力。一九七〇年代初期，尼克森率先使用了「沉默的多數」（silent majority）這個政治字眼，而史賓斯汀與卡佛則是從一個截然不同的角度，將「沉默的多數」這概念所指涉的對象具象化。理由是對他們倆來說，追溯自己的根，和將「沉默的多數」具象化根本就是同一件事。

而且他們倆的作風還相像得教人驚訝。共通的特徵之一就是蘊藏在作品中那粗獷、甚至血淋淋的寫實性。史賓斯汀最早的兩張專輯，裡頭的歌詞有著明顯受巴布·迪倫影響、充滿象徵和隱喻的複雜歌詞。這些歌曲雖然也饒富魅力，但其實第三張專輯《為奔馳而生》（Born to Run, 1975），才開始讓他以創作型歌手的姿態發揮領袖魅力。在這張專輯中，他極為誠實、同時也極為率直地描繪出了勞工階層青年們的心境，裡頭有的盡是活生生、鐵錚錚的故事。而史賓斯汀成功地以搖滾樂這強力的載具說出了這些故事。

他曾表示：

「在發表了《為奔馳而生》之後，我對自己所唱的歌曲的內容，以及我所傾訴的對象＝聽眾，開始產生一股強烈的責任感。反正在那之前，我也沒有這麼多聽眾。這下我已經無法擺脫這責任感了，雖然它來得是那麼的突然。當時我就決定勇敢走進黑暗中，並環視周遭，寫出自己所知道的、自己所看到的，和自己所感覺到的。」

瑞蒙·卡佛也在歷經種種嘗試錯誤後，在幾乎同一時期發表了短篇集《安靜一點好不好？》（*Will You Please Be Quiet, Please?*, 1976），書中極為寫實地描繪出美國小鎮的平民生活。以這種故事為題材的作家，在他之前應該是前無古人吧。而卡佛在一篇訪談中，也曾做過和史賓斯汀類似的發言：寫出自己所知道的事。他表示：「若不寫出自己所知道的事，一個年輕作家還該寫些什麼？」

「我對修辭學或抽象性沒有任何依賴，不論在思考模式上或寫作模式上都是如此。因此在我描寫人物的時候，總希望能盡量將他們放進具體的場所，也就是讀者能實際以手碰觸到的場所中。」

不過他們所共有的，並不只是這種徹底的寫實性。另一個值得注意的共通特徵就是，他們倆都清楚地，積極地採用不輕易作結論的「開放性敘事＝wide-openess」手法。雖然盡可能具象地描述故事，但並不會妄下結論或判斷。雖然讓讀者＝聽眾感受到故事中那寫實的感觸、鮮明的光景，以及激烈的呼吸，但故事到結局都保有某種程度的開放性。他們並不讓故事作完結，不過是從一個更大的框架中切割出這些小故事罷了。而在他們的故事中具有重大意義的事件，大多不是已經在這故事的框架外結束，就是在更早以前就開始在這框架外醞釀發生。這就是他們招牌式的敘事手法。讀者＝聽眾在讀＝聽完後咀嚼這被切割出來的故事，並思考其中含意。但讀者＝聽眾思考的並非其中的象徵或隱喻，亦非主題或創作動機。這類學術名詞對他們的作品來說是沒有多少意義的。他們（也包括我們）必須認真思考的，是這些「被切割出來的故事」在我們自己的框架中佔有什麼樣的位置？蘊藏在這些故事裡的bleakness＝荒蕪心境，和我們的內心有多少共鳴？以及這種心境，最後會將我們帶往何方？在面對這些非封閉性的故事時，我們所思考的就是這類發人深省到幾乎教人憂慮的心境問題。

這股憂慮，同時也是從七〇年代中期到整個八〇年代，我們在許多精神層面上都被迫面對的切實憂慮。因此布魯斯・史賓斯汀的音樂與瑞蒙・卡佛的小說方能自然而然地吸引到廣大群眾，發揮了它們驚人的威力。透過這種非封閉性的敘事系統，它們率直且謙虛地暴露出了潛藏在我們心中的bleakness，並為我們帶來心靈洗滌。這就是他們倆這種說故事手法的強而有力的功能。

不過這種功能在強而有力的同時，也蘊藏著些許弱點。首先是這些故事的非封閉性，讓它們極可能遭到無意或刻意的曲解或操作。這正是布魯斯在〈生於美國〉成為超暢銷曲之後被迫面對的問題。這在較為少數的聽眾面前極為有效的資質，一旦經過大眾傳媒的渲染，便可能蒙受致命的破壞。到頭來史賓斯汀得耗費漫長的歲月，在個人層面解決這個根本的問題。

在一九八〇年代中期，瑞蒙・卡佛也同樣遭到文壇，尤其是後現代主義者的激烈批判。他們的批判第一點是卡佛的小說中缺乏知性的實驗性，第二點則是社會和政治的訊息有欠明確。他們還將雷根主義為美國社會帶來的保守氣氛與卡佛文學表面上的保守氣氛（尤其他那寫實性的文體更成了這些人的箭靶）相提並論，將卡佛的作品斥為「反動派」。但他們真正想說的（不過當然沒說出口），其實是卡佛的文風難為他們所棲息的知性風土所接受。對這些以知識分子自居的人來說，瑞蒙・卡佛簡直就是個「打到了門前的野蠻人」。

為此，卡佛與史賓斯汀在八〇年代中期都開始嘗試作創作方向上的轉換。他們想做的是什麼呢？一言以蔽之，就是不再將勞工階層的問題當勞工階層固有的問題，而是當成一個更廣泛、更普遍的問題看待。也就是在全世界的視野中捕捉當代的、階層的情境中的bleakness，將他們所敘述的故事昇華成超越時代和階層的「救贖故事」。這同時也讓他們倆得以在人性、藝術性、和道德層面上將自己推往更高的境界。

至於史賓斯汀，他在這方面的嘗試看起來是成功了。建議還沒有聽過《昇華》（The Rising）的樂迷不妨聽聽這張優質專輯。而瑞蒙・卡佛雖然發表了成果斐然的短篇集《大教堂》（*Cathedral*），向全世界昭告了他的前瞻性，但過沒多久便一病不起，於一九八八年與世長辭。雖然「天嫉英才」是句老掉牙的話，但瑞蒙・卡佛的辭世所造成的遺憾，實在只有這句話能形容。

從一九九一年初開始，我在新澤西州旅居了兩年。當時瑞蒙・卡佛已經不在人世，而史賓斯汀則推出了《幸運之城》（Lucky Town）、《人性接觸》（Human Touch）兩張品質不差，但焦點略顯模糊的專輯，看得出他在音樂創作上正處於輕度嘗試錯誤的階段。有人甚至幸災樂禍地斷言他的創作巔峰期已經結束。當時我人在普林斯頓大學，有時授課，有時則閒閒沒事地寫寫小說。雖然同樣在新澤西，但我所居住的南部優雅大學城普林斯頓，和布魯斯・史賓斯汀出生、成長的北部菲力荷或阿斯伯里帕克（Asbury Park）等地區有的可是天壤之別。

每年春天，我都會參加在一個名叫孟莫斯郡（Monmouth County）的地方所舉辦的半程馬拉松大賽。那是個在自然公園中慢跑的舒適賽程。這麼說或許有點苛薄，但在被戲稱為「美國胳肢窩」的新澤西州北部竟有如此綠茵環繞的美景，著實讓人驚訝。阿斯伯里帕克就位於從普林斯頓前往孟莫斯郡途中的海岸線上，比賽結束後我總會在回程路上繞過去逛逛。說是逛逛，其實也沒什麼好逛的，不過是開著車緩緩在鎮上繞一圈，想著「哎，走紅前的布魯斯・史賓斯汀就是在這個鎮上演奏的啊」，接著就打道回府了。對感性普通的人來說，阿斯伯里帕克這個小鎮絕對不是個教人想要「下車享用一頓高級午餐」的地方。

不管眼光如何寬容，阿斯伯里帕克都不過是個蕭條到極點，甚至可說是死氣沉沉的濱海城鎮。建築物悉數老舊、褪色、荒廢，也幾乎看不到什麼人影。這個從戰時到戰後發展為藍領階級夏日避暑小鎮的城鎮，早在布魯斯・史賓斯汀度過青少年時代的一九七〇年前後以前業已凋零。在觀光客不再造訪、迫使數百家旅館幾乎悉數倒閉後，取而代之的犯罪與毒品開始長期盤據該地。這個小鎮在我於一九九〇年代造訪時依然凋零，想必如今也仍是——若未曾大幅拆除改建——一樣凋零，看起來活像個由早已逝去的人們七零八落的記憶所堆砌而成的架空城鎮，或一個坐落在虛無飄渺的白晝下的鬼城。每逢春天，我都會在跑完孟莫斯郡的半程馬拉松賽後，駕車繞行落魄不堪的阿斯伯里帕克一周，憑弔布魯斯・史賓斯汀在此度過的年輕歲月一番，接著在避免被州際警察攔下來的惶恐心情下，謹守時速限制地（新澤西收費高速公路上超速駕駛抓得特別兇）開回知性、和平的普林斯頓城。

如今，每當聽起布魯斯・史賓斯汀的音樂，我都會憶起春陽照耀下的阿斯伯里帕克的光景。當我於一九七〇年前後在東京努力求溫飽的同時，布魯斯・史賓斯汀也和我同樣在落魄不堪的阿斯伯里帕克艱苦奮鬥。經過三十年以上的歲月，我和他都走過了一段遙遠的路。途中偶爾平順，也偶有挫折。相信在往後的日子裡，我們仍不得不在各自的領域中繼續奮鬥求存。

基於上述理由，或許聽來有點像在往自己臉上貼金，但我對布魯斯・史賓斯汀這位和自己同年齡的搖滾歌手，總是抱有一股濃得化不開的連帶感。

①譯註：Boss Mania。「Boss」為布魯斯・史賓斯汀的膩稱。

②譯註：雷根是一九八〇年當選的，一九八四年是連任。一九八〇年代常被稱為雷根時代。

③譯註：艾瑞克・阿特曼（Eric Alterman），為知名反戰自由派專欄作家。

④譯註：美國於一九二九至三三年由於瘋狂投機活動發生了經濟危機（大蕭條）。羅斯福於三三年三月就任美國總統，施行了一系列政策與措施來挽救經濟，史稱新政（New Deal）。

⑤譯註：原文Beatnik，為一九五〇年代反抗文化最尖端的藝術運動，影響範圍遍及文學、音樂、電影、繪畫等各創作領域。

BRUCE SPRINGSTEEN
NEBRASKA

賽爾金與魯賓斯坦

南轅北轍的鋼琴家

賽爾金

（Rudolf Serkin，1903-91）

生於波蘭洛茲（Lodz）。10歲時移居柏林，師事於李斯特門下的卡爾．巴特（Karl Barth）。1899年於波茨坦初試啼聲。1900年在姚阿幸（Joseph Joachim）的指揮下於柏林首度登台。1937年為逃避納粹迫害移居美國，到76年退休為止均積極進行演奏活動。

魯賓斯坦

（Artur Rubinstein，1887-1982）

生於波西米亞艾格勒（Aigle）。12歲時以演奏孟德爾頌的鋼琴協奏曲嶄露頭角。17歲時獲選為布許（Adolf Busch）伴奏，並曾師事荀白克學習作曲。1936年在美國首度登台，與托斯卡尼尼指揮的紐約愛樂管弦樂團同台演奏。於寇蒂斯音樂學院任教的同時，也與布許等人一同舉辦萬寶路音樂祭。

有時我會離開日本兩個月，窩在國外某個偏僻地區孜孜不倦地寫小說。這種時期我多半在黎明前起床，利用早上時間積極工作，下午便優閒地做些運動、聽些音樂，或者看些書。由於寫小說是一種非現實的行為（至少對我而言是如此），因此有些時期非常需要將日常完全拋諸腦後。

這種時候最適合看書，因此我都會將原本沒時間看的書統統塞進背包裡。這次我帶的是史蒂夫．列曼與馬里安．費伯合著的魯道夫．賽爾金傳記《魯道夫．賽爾金：生涯》（*Rudolf Serkin : A Life*，牛津大學出版社）。這本出版於近年（二〇〇二年）的書裡有張附贈的CD，內容是珍貴的賽爾金演奏錄音（雖然音質欠佳，但演奏的竟然是蕭邦的練習曲集）。除此之外，也帶來一本打從在二手書店買來後就沒翻過一頁的亞瑟．魯賓斯坦自傳《我的年輕歲月》（*My Young Years*，克諾普夫出版社），準備利用這段時間讀完。這本書則是一九七三年出版的（日文書名為《華麗的旋律——魯賓斯坦自傳》，德丸吉彥譯，平凡社，一九七七年）。

不管從哪方面看，賽爾金與魯賓斯坦都是一對形成強烈對照的鋼琴家。他們倆可說是屬於兩個極端，相信這種世界觀和韻味均如此南轅北轍的組合大概是空前絕後的。就連托斯卡尼尼和卡拉揚這對搭檔，共通點似乎也比他們兩位來得多。因此一般來說，喜愛魯道夫・賽爾金的演奏風格的樂迷，似乎有斥亞瑟・魯賓斯坦的演奏為「太輕」的傾向。相反地，喜歡魯賓斯坦的演奏風格的樂迷，則有認為賽爾金的演奏「太嚴肅、太沉悶」故敬而遠之的傾向。又或者有許多樂迷並不偏好任何一方，只依曲目分別欣賞這兩位鋼琴家的作品。想來我自己也屬於這種類型吧，到目前為止，貝多芬就聽賽爾金的，蕭邦就聽魯賓斯坦的，而舒曼、布拉姆斯、和莫札特則是兩邊的挑著聽。

魯賓斯坦所留下的唱片中，我最鍾愛的是舒曼的「狂歡節」（或譯嘉年華，日文作「謝肉祭」），而賽爾金的唱片裡最喜歡的，或該說是印象最深刻的，則是貝多芬的奏鳴曲，特別是古鋼琴（Hammerklavier）。賽爾金這演奏得硬邦邦的古鋼琴，聽來著實讓人感覺「累人、且難以忍受」，聽得為他冷汗直冒，但聽後保證讓人回味無窮——甚至不住感嘆終於領教過賽爾金的演奏風格了。而且聽後不管聽到其他鋼琴家再怎麼努力演奏這首曲子，也會覺得似乎少了點什麼。

相反地，魯賓斯坦的「狂歡節」則宛如隨春風搖擺的河岸楊柳，似乎有那麼點彈到哪兒是哪兒的味道，但卻帶有一股強韌的說服力，讓人越聽越讚嘆「大概沒人能把『狂歡節』彈得比他好了吧」。不僅是風情萬種、自然不做作，而且還毫無破綻。雖然這理應是首難度極高的曲子，但他的演奏卻是從容不迫。在這方面，兩者的韻味實在有著極為強烈的對比。

魯賓斯坦和賽爾金兩人雖然相差十六歲（魯賓斯坦生於一八八七年，賽爾金生於一九〇三年），但生長環境卻是驚人的雷同。雙方都是東歐出身的猶太人，同樣有著無力負擔家庭生計的父親，不僅事業失敗，還生了一堆孩子。讓兩人在年少時期都經歷了貧苦生活。雙方的母親也都基於「不能再生了」的理由，在懷著兩人時都曾積極考慮過墮胎（這個事實在兩人的心裡都留下了傷痕）。說得直截了當點，兩人出世時所看到的，絕對不是個光輝燦爛的世界，成長環境和他們卓越的知性與才氣也毫不匹配。

魯賓斯坦生於仍在俄羅斯帝國統治下的波蘭，賽爾金則生於奧地利帝國統治下的波西米亞一隅（不過父親和魯賓斯坦一樣出身帝俄統治下的波蘭）。兩人同樣在孩提時代便嶄露非比尋常的音樂天賦，被擁為眾所矚目的音樂神童。賽爾金九歲時，為一位拜訪當地的名小提琴手所注目，並將他帶到了維也納。魯賓斯坦也則是在十一歲時，因受同樣是小提琴家的約瑟夫．姚阿幸的賞識而前往柏林。雙方都是在懂事前就迫離開家庭，在以弟子身分所接受的嚴厲英才教育中，度過了多愁善感的少年時代。

不過兩人面對新環境時的反應，卻有著天壤之別。天性叛逆的魯賓斯坦，自幼對來自長輩的壓抑就一貫持反抗態度。對將普魯士的生活價值與音樂模式強行灌輸在他身上的海因里希．巴特（Heinrich Bart）教授〔彪羅（Hans von Bülow）的嫡傳弟子，曾是個知名小提琴家〕，他從頭到尾都抱持著一種半信半疑的態度。巴特教授以自己的方式給予小亞瑟相當程度的關懷與寵愛，但由於拒絕承認蕭邦、德布西等非德國音樂的價值，因此總是強迫他以「凡庸的二級」德國音樂當練習曲，這做法讓小亞瑟完全無法苟同。雖然不收學費、並親切地將他扶養長大這點讓他沒話說，但從早到晚猛烈地進行機械式練習的禁慾人生，與他的本性實在不合。有天老師罵他：「像你這樣不肯好好練習，活得吊兒郎當的傢伙，最後只能淒慘地死在臭水溝裡」時，他終於忍不住了。這下他開始如決堤般，對恩師做了一番徹底的批判，心中鬱積已久的不滿悉數脫口而出：

「老師，真遺憾您對我的為人和我真正的性格竟然是如此不了解。您想強迫我過和您一模一樣的無聊人生，這我可是完全無法接受。對我而言，只要能擁有一星期的幸福，接下來即使要死我也在所不惜。若得在和您一樣的人生中苟活，我還寧願選擇死在臭水溝裡。看您每天從早到晚滿腦子只有工作，從沒享受過分毫快活。只懂得教些大多沒什麼天分的學生彈琴，從沒出門旅行過。成天板著一張臭臉汲汲營營地過日子。欣賞音樂的角度也充滿了頑固的偏見。既沒有好奇心，對新事物也是毫無興趣。雖然您至今對我的照顧讓我滿懷感激，但我再也受不了這種生活了。今後我決心過自己想過的生活。」（以上僅為概要，實際的發言要比這長得多。）

話說得這麼滿，這下他已經完全沒退路了。接下來他只能靠兩隻手、十隻手指隻身闖天涯。雖然當時年僅十六歲的亞瑟・魯賓斯坦，就這麼為自己波瀾萬丈的鋼琴家生涯拉開了序幕。

相反地，魯道夫．賽爾金的少年時代可就沒這麼安穩了。據說於九歲那年離家，隻身遷居大都會的他，曾飽受孤獨與夜尿症所苦，因此屢受戲稱他「賽尿床」的師兄喬治．齊爾（George Szell）揶揄侮辱（這是我胡謅的）。即使如此，他還是在十二歲那年於維也納舉行了演奏會，以彈奏孟德爾頌的協奏曲贏得鋼琴神童的美名。之後他又演奏了貝多芬的三號、葛利格、莫札特的C小調等貨真價實的協奏曲，確立了專業鋼琴家的名聲。雖然這並非他本人所期望，但他畢竟得靠演奏會得來的收入養家。在這段期間，小魯道夫對無力扶養家庭的父親已經徹底灰心，開始積極為自己尋求一個滿足他父性（同時也是能夠讓他依靠的精神支柱）需求的長輩。

第一次世界大戰接近尾聲時，十五歲的賽爾金與當年四十四歲的作曲家阿諾．荀白克結為莫逆之交，並拜他為師，擁抱了新的音樂潮流。他開始斥自己原本演奏的古典音樂為過時，將之徹底拋棄，並在接下來的兩年裡擔任鋼鐵陣容的「荀白克樂團」的一員，過了一段盡情演奏現代音樂的生活。雖然到頭來賽爾金對荀白克的徹底皈依證明只是暫時性的，兩人在後來產生嚴重決裂（因為後來僅能彈奏恩師荀白克的作品已經讓賽爾金感到厭倦），但即使只是局部性、階段性的，賽爾金還是曾在荀白克身上找到了自己所追求的有力父親形象。和荀白克決裂後不久，賽爾金旋即又和當時德國最有名的小提琴家阿道夫．布許結為知己，並在他的幫助下離開了柏林。布許邀請他住進自己家裡，把他當親生兒子貼心照顧。最後賽爾金甚至娶了布許的女兒為妻，名副其實地成了布許家族的一員。

艾薩克・史坦（Isaac Stern）在一次訪談中，曾質問賽爾金：「對您的音樂影響最深遠的，是不是（您的養父）阿道夫・布許？」，換來的是賽爾金斬釘截鐵的回答：「No。」；接著並解釋道：「對我影響最深遠的是荀白克，布許不過是略做補強罷了。」賽爾金表示荀白克徹徹底底地灌輸了他追求真理的真摯、永遠保持客觀，以及追求毫無妥協地辨明是非對錯。而若要達成這些目標，需要的是無止盡的努力與犧牲。唯有徹底去蕪存菁、在完全禁慾的狀態下追求更高的音樂境界，方為正道——說得簡單點就是如此。因此永無止境地追求完美主義，就成了賽爾金終其一生在音樂上的基本理念。不消說，這種態度和魯賓斯坦的音樂觀實在是南轅北轍。

從書名就能看出，魯賓斯坦在自傳中追溯的是自己的青春時代，因此全書只記述到一九一六年。接下來的時期則被寫進了續集《我的歲月》（*My Many Years*）（日文版書名為《魯賓斯坦自傳》上／下，木村博江譯，共同通信社，一九八三年出版）裡，但這本著作也只記述到他二十九歲時（不過書中的回憶十分詳實，不知他是否有寫日記的習慣？）

之後魯賓斯坦在音樂和為人上都有了顯著的成長，開始以更嚴格的姿態鑽研音樂，成了一位名副其實的大師，但至少在這本書裡所敘述的時代，他對練琴實在是厭惡到了極點。坐在鋼琴前彈奏自己喜歡的曲子，他或許連續彈個一晝夜都沒問題，但若被迫認真練琴，他可能連一小時都彈不到就膩了。音階練習和反覆練習高難度部分都教他深感痛苦難耐。因此只要碰到麻煩的部分，他都會含糊帶過，但彈奏時依舊充滿一股幹勁。比起講究這些枝微末節是否正確，他寧可選擇「只要彈出該曲的本質便可」的大刀闊斧路線。但看在他那壓倒性的鋼琴才華分上，大多數聽眾都會被他感動得熱淚縱橫。就連懂得聽出各細部優劣的專業樂評，大多數時候也會睜一隻眼閉一隻眼。尤其女性聽眾只要聽到他的演奏，就會感到身體彷彿起了什麼變化（大概是音樂裡充滿費洛蒙的緣故吧），不由自主地隨著音樂搖擺起來。貴族與富人爭相拉攏他、主動提供經濟上的援助，讓他得以結交許多名流之士。想當然爾，一旦過起這種生活，誰還願意乖乖做音階練習？不過，畢竟我自己從沒體驗過這種生活，以上純屬個人想像。

魯道夫・賽爾金的人生可就是截然不同了。大概是他天生就是個費洛蒙不足的音樂家使然，他總是埋頭練習、練習、再練習，只求達到鐵杵磨成繡花針的境界。瓜奈里弦樂四重奏的第一小提琴手史坦哈特（Arnold Steinhardt）曾如此回憶道：

「在我參加萬寶路音樂節時寄宿的房子附近，有一棟由車庫改建而成的小屋。屋裡有個鋼琴家每天一大早就開始練琴，早上我幾乎都是被他的琴聲給吵醒的。那鋼琴家總是以慢得慘不忍睹的速度反覆做音階練習。也不知道彈琴的是何方神聖，我老是納悶：『怎麼聽都不像是來參加音樂祭的演奏家。不過是個中級程度的傢伙在笨拙地反覆做音階練習罷了。這種程度的傢伙，怎麼有資格在這裡練琴？』不過在不知不覺間，他的指頭卻越彈越快。『噢，看來開始有些進步了。』我迷迷糊糊地想著。不過在我下一次醒來時，這個鋼琴家的琴藝已經精湛得判若兩人；這下他已經是以全速彈奏了。但到這地步為止，已經過了一段漫長得令人難以置信的時間了。隔天早上，同樣的事再度發生，那傢伙又開始以蝸牛般的速度開始做起音階練習。這下仍躲在被窩裡的我再次暗自埋怨道：『到底是誰准許這傢伙在這裡練習的？』」

日後，他在某次因緣際會中發現這位「中級」鋼琴家竟然就是魯道夫．賽爾金，著實教他驚訝得無法自已。史坦哈特同時也指出，這種不厭其煩地追求完美的精神，就是賽爾金這位演奏家的偉大之處，但同時也成了他的弱點之一：

「其他鋼琴家會認為：『舒伯特這首奏鳴曲的這個部分，非這麼彈不可。若以其他方式彈是不可能彈得好的』。但魯迪（Rudy，賽爾金的暱稱）可不這麼想。『這樣豈不太簡單了？』他會這麼說：『我不想走簡單的路，理由是我並不相信簡單的路。**這首曲子是如此極品，簡單的方法根本配不上它**。因此我會找條不同的路走走，親眼確認自己會走到哪裡。』這條路常將他帶往成功，但有時則引他走向失敗。」（傍點為作者自己加上的）

由此可見，魯道夫．賽爾金的音樂風格就是：決不選擇簡單的路。要是演奏一首曲子有簡單的和艱難的兩條路，即使聽眾根本聽不出兩者之間有什麼差別，他保證還是會選擇艱難的路走。「為什麼他非得像個中世紀的苦行僧般故意讓自己吃苦？為什麼不能演奏得更自由、更自然一點？若想讓自己輕鬆點，他哪可能辦不到？」周遭的人悉數為此納悶不已。以唱片欣賞他的演奏時，我也常產生這種想法。但容我再說一次：這就是魯道夫．賽爾金的音樂風格。在他成功走出自己所選擇的困難道路時（當然，成功的時候遠比失敗的時候要多得多），他這場演奏已不再是音樂，而是昇華成了一個「事件」。現場聽眾不僅親眼目睹了，同時還親身體驗了這場挑戰。曾赴現場欣賞過他的演奏會的樂迷個個異口同聲表示，欣賞賽爾金的現場演奏，要比聽唱片來得感人得多。有個欣賞過他晚年赴日舉行的演奏會的朋友告訴我：「彈錯的地方還真多，甚至多到嚇人的地步。但他的音樂卻是那麼地撼動人心。」

霍洛維茲有次被問到：「如果您不是霍洛維茲，您最想當的是什麼樣的鋼琴家？」當時他旋即不假思索地回答：「魯道夫．賽爾金。」想必賽爾金一定有著些什麼霍洛維茲求之若渴卻不可得的資質吧。不過不消說，霍洛維茲一定也有著什麼賽爾金求之若渴卻不可得的資質就是了。

當然，以上不過是個人推測，但在年輕時期的賽爾金那柔軟的心靈中，荀伯克和阿道夫．布許等「替代父親」對他所灌輸的教育，想必是留下了深深的刻印。而依這些教育所設定的基準，盡可能以高水準的表現來滿足恩師們的要求，想必也成了他終生的目標。換句話說，他被迫在「音樂的完整性」這概念中，追尋成長過程中那求之若渴卻不可得的父親形象。這麼看來，從這位敦厚老實的鋼琴家身上，其實不難感覺到某種痛楚。生於波西米亞的他，之所以終其一生追求純粹的德國／奧地利文化圈的價值觀，其實會不會也是因為他從這價值觀裡，看到了什麼代表父性的精神使然？

「像您琴藝如此精湛的大師，為什麼還要花這麼多時間練習？」有次被這麼問時，賽爾金如此回答：「我從不曾是、也決不會是個渾然天成型（也就是天才型）的鋼琴家。對我而言，這些演奏悉數是辛苦過後的小小成果。若不認真練習，上台時也會彈不好。雖然相信大多數音樂家登台演奏時都很開心，但我從來沒有一次是開開心心上台的。不過我認為既然要在觀眾面前獻藝，事前至少得作好相當程度的準備，否則將難以保有一定的水準。演奏光靠靈感是行不通的，因為那不過是上帝偶爾的恩賜。不過為了因應靈感哪天降臨在自己身上，事前還是該作好相應的準備才是。」

這還真是一段謙虛至極的發言。和這態度相較，魯賓斯坦可就是個渾然天成型的鋼琴家了。他本人也如此自負，並在自傳中數度做出諸如我是個渾然天成型的鋼琴家、一個天才型的音樂家一類的陳述。即使他一無所有，只要在鋼琴前就坐，隨意彈彈自己喜歡的音樂，就能讓他開心得不得了。他演奏的目的，就是讓自己開心，同時也讓大家開心。這種態度和魯道夫・賽爾金果真有著天壤之別。

魯賓斯坦也和賽爾金一樣，從小就告別雙親，過起寄人籬下的生活，但他似乎不覺得這有什麼好提的，看來也未曾受寂寞折騰。當然，當時的他畢竟是個孩子，也曾有過孤子隻身闖天涯的苦澀體驗，但似乎是「離家獨居真輕鬆」這類的述懷比較多。父性對他來說，反而是個麻煩的東西。在柏林度過年少時期的他，對普魯士式的父權完全沒好感。一被強迫灌輸任何價值觀便會反彈的他，大小事都喜歡依自己的方式來處理；這點和賽爾金真可說是南轅北轍。即使曾在柏林居住經年，對優秀的德國音樂與其他德國文化抱有相當程度的敬意，但價值觀並不會過度偏向德國。他終生魂繫的是母國波蘭，以及該地馥郁的文化風采。雖然他似乎對親生母親敬而遠之，但我對魯賓斯坦的印象是：他基本上屬於一個終生追求母性的人。

從十幾歲開始，魯賓斯坦便在華沙交了個年齡幾乎可以當他母親的女友，而且當然是個身經百戰的有夫之婦。但這並沒讓他滿足，沒多久他又和這位女友的女兒（也比他年長，且同樣是個有夫之婦）發生肉體關係，開始享受起齊人之福。但即使被捲入如此錯綜複雜的三角關係，他依然是不痛不癢。「哎，不就是這麼回事？」他似乎以這種態度接受了事實，對一切顯得毫不在乎。甚至連女兒的丈夫來逼問他時，他反而怒斥對方：「你這個沒禮貌的傢伙！」並執意和對方進行一場決鬥。聽來或許很誇張，但這並不代表魯賓斯坦不尊崇道德、或人格上有什麼缺陷（雖然當時很多人是這麼看）；對他本人而言，這一切都是再自然不過的事。想必藉由同時獲得母女兩人的肉體，他才覺得自己有了個圓滿的心靈世界吧。藉由讓母性與對抗母性的青春合而為一，對他來說才算是有了個圓滿的循環。相信這對周遭的正常公民來說，絕對是一件驚世駭俗的奇聞軼事吧。

容我陳述一件例，讓大家看看魯賓斯坦是個多麼渾然天成的快樂鋼琴家。由於這類故時實在不勝枚舉，在此僅擇其一。

一九一四年夏，當他到英國進行巡迴演奏時，碰巧遭逢第一次世界大戰爆發，讓他回不了位於戰線另一頭的祖國波蘭。當年二十好幾的魯賓斯坦為了餬口，只得三不五時到中立國西班牙巡迴演奏。幸運的是，西班牙的聽眾無不為他的演奏所陶醉。在走訪哥多華時，導遊向他建議：「哥多華的妓院頗負盛名，不妨見識見識？」因此他便在如此勸誘下造訪了一家高級妓院。該處的確是富麗堂皇，成群佳麗紛紛露出美腿競相拉客。但疲勞與酷暑讓他實在提不起興趣做那檔事。

「乾（dry）得過頭的雪麗酒、夏日的酷暑、渾濁的空氣、再加上語言不通，一切都讓我的性慾難以提振。但我與生俱來的虛榮心，教我無法容忍讓這些女人誤以為自己年紀輕輕就陽痿（或許她們會如此揣測）。為了避免讓她們看扁，我只好露一手自己的音樂才華。因此我掀開了屋內的鋼琴，就地來了場即席演奏，隨便彈了些西班牙樂曲、《卡門》中的歌曲，以及維也納華爾滋。理所當然的，演奏會不僅是空前的成功，甚至堪以啟示錄般的大勝利來形容。女孩們個個興奮若狂，不僅爭相擁抱我，還對我投以驟雨般的熱吻。妓院老闆表示不收我半毛酒錢，並讓我挑個中意的女孩辦事。當然，我禮貌地婉拒了他的好意。唯一沒婉拒的要求，就是在該處的鋼琴上簽名。因此我懷著滿腔自負，簽下了我的名子。希望那台鋼琴如今依然留在原地，繼續為那個愉快的夏日午後做見證。」

即使被告知「不這麼做，世界末日便將降臨」，想必魯道夫・賽爾金還是不會為了讓女人信服而在妓院裡彈鋼琴，並在樂器上簽名吧。但無論如何，上述故事讓我們看出一個事實，那就是魯賓斯坦只要在鋼琴前就坐，他的心靈便自然地隨之豁然開朗，不僅能自由自在地展現才藝，還能輕易挑動周遭人們的心弦；根本就是個天賦異柄的天才。他不需要埋頭苦練，便能一舉譜出一首長大的樂曲，萬一在演奏會上忘了曲子的某部分該怎麼彈，他也能掩飾得十分得體。

以下是一則發生在他十幾歲時的故事。當時年輕的魯賓斯坦在柏林舉辦了一場極為成功的演奏會，興奮莫名的聽眾們在會後高喊安可。坐鎮後台的海因里希・巴特教授因此命令他再次出場，演奏孟德爾頌的「二重奏」（Duet）（「無言歌」中的一曲）這首大家耳熟能詳的小樂曲。

「當時我完全鬆懈了下來，陶醉在勝利的滋味裡，讓我忘了老師曾給過我不要直視聽眾面孔的忠告。我朝聽眾席上的朋友微笑，滿腦子浮現起音樂以外的事物，開始彈奏起這首曲子。噩運就在此時突然降臨。當時我的腦袋頓時一片空白，連一個音符都想不起來。唯一記得的，只有這是一首降A大調的曲子。雖然心臟幾乎要停了，但我還是動起十指，開始即興地彈奏了起來，並依降A大調的規則隨意延伸主題。結果還不錯，但彈出來的東西和孟德爾頌的音樂根本扯不上邊。在隨便轉了幾次調之後，為了彈出對比，我即興地編了一段毫不相干的小調。在將這新的第二主題稍事琢磨之後，我又再度回到浪漫的降A大調。最後再來個以纖細的琶音、利用弱音踏板以最弱音演奏的尾奏（coda）。」

結果當然是彈出了一首聽眾從沒聽過的曲子。但大家都渾然不覺，還報以毫不亞於先前的熱烈掌聲。好不容易從虎口脫身，冷汗直冒的我這下連向大家回禮的心情都沒有。下了舞台後，我渾身顫抖地做好被老師打個半死的心理準備。但結果完全出乎我意料之外，當時所承受的驚訝實在教我永生難忘；巴特教授非但沒舉斧頭朝我劈來，還溫和地拉起我的手，雙眼散發著幸福的光芒朝我大喊：『你是個天大的窩囊廢，同時卻也是個無與倫比的天才。想必即使再練上個一千年，我也沒辦法像你這樣彈吧』。」

魯賓斯坦的自傳裡盡是這類熱血沸騰的英勇事蹟。雖然有些或許讓人覺得他在自吹自擂，有些故事甚至頗啟人疑竇，教人直納悶「真的還假的」？但每個故事都敘述得如此繽紛鮮活，讓人讀得大喊痛快。相較之下，賽爾金的傳記裡就幾乎全都是教人讚嘆「噢，他還真肯下工夫苦練呀」的證據了。畢竟他是個以「並不是每場演奏會都能提供好鋼琴，因此平常非習慣這種狀況不可」為理由，特地在家裡擺一台破鋼琴，每天用它來練習好幾個小時的人。曾到過賽爾金家串門子的鋼琴家們，曾表示那台鋼琴根本彈不動。雖然聽來幾乎和星飛雄馬為了練出「魔球」而佩戴矯正器①沒什麼兩樣，但他的個性真的就是如此。

記得鋼琴家理查・古德（Richard Goode）曾如此評論過賽爾金、魯賓斯坦與許納貝爾（Artur Schnabel，三人皆為中歐出身的猶太裔）：

「賽爾金總是言辭批判許納貝爾。他曾在以下的有趣陳述中，透露自己對許納貝爾與魯賓斯坦（我從沒想過他們兩位竟然能被歸類為同一種人）的看法：『他們兩個都有幾分自戀。而大家也知道，自戀這種情結是具有強大傳染力的』。言語之間透露他將這種情結看成一種正面的資質，雖然無法脫口承認自己缺乏這種態度，但想必他是很想這麼說的。看來他應該認為自己若也有點自戀，想必做起任何事來都會輕鬆得多吧。但現實中他不僅缺乏種資質，甚至無法賦予門下學生這種情結。對賽爾金來說，一切都充滿了懷疑、蘊藏著矛盾。因為大家都希望能把事做好，但不管認為自己做得多好，其中都必定有矛盾；因為要衡量事情做得好不好，根本沒有任何客觀的基準來作比較。」

魯賓斯坦只發表過一次自己對賽爾金的意見。賽爾金在自己家裡耕種是個有名的軼事（他甚至連耕耘機都有）。有次一個訪談者將他們倆搞混，向魯賓斯坦提了一個關於農業方面的問題；當時他笑著回答：「賽爾金才是農夫，我是個鋼琴家。」

賽爾金也在一次訪談中，被問到對魯賓斯坦性喜和比自己年輕許多的女子廝混（說起來是挺不道德的）有何看法。他如此回答：「他從以前就習慣過這種生活，現在應該也沒什麼必要改變自己的生活方式吧？」賽爾金終生以嚴格的道德標準律己，但從不主觀地將自己的標準套用在他人身上。

雖然他們倆的生活方式和世界觀都是如此迥異，但讀完雙方的傳記（自傳）後總能深深感受到一個共通的事實，那就是歐洲大陸在第二次大戰爆發前，一種以富裕的猶太裔居民為中心的獨特都市文化曾經存在、並有效且活潑地運作過。賽爾金和魯賓斯坦都在這種文化網絡中為人發掘，雙雙成為偉大的鋼琴家。只要在貧困的猶太人家庭裡發現天賦異稟的孩子，擁有高度文化意識的富裕階層（新興布爾喬亞）便會爭相向他們伸出援手，甚至把他們接回家，進一步激發他們的潛能。當然，寬大地伸出援手的並不僅限於猶太人（賽爾金青年時期的恩人阿道夫．布許，與無償薰陶年少時期的魯賓斯坦的巴特教授均為德國人），但猶太同胞之間就是有著一種濃厚、根深柢固的互助情誼；這種傾向在反猶太氣燄最為猖獗的中歐與東歐尤其顯著。魯賓斯坦與賽爾金兩位鋼琴家，以及其他許多優秀的猶太裔演奏家之所以能在當時的歐洲出頭，必須歸功於這種土壤的滋養。但隨著猶太人大屠殺的發生，這豐饒的文化土壤卻在短期內被連根拔起，慘遭暴政的無情摧毀。在讀到這部分的歷史時，著實讓人倍感沉痛。

但魯賓斯坦在自傳中，栩栩如生地描繪出歐洲各都市在十九世紀末到二十世紀初的迷人風情，讀來著實讓人心醉。魯賓斯坦當時在這種燦爛的文化氣氛裡，被薰陶成一個能自在地操德語、法語、英語、俄語和波蘭語的國際都會人，仗著舉世無雙的才華與永無止境的好奇心，大膽橫渡這片光輝燦爛的「豐饒之海」。其中雖也不乏挫折、失落與哀傷，但基本上魯賓斯坦眼中的世界，總是由希望、無限可能與強烈意志所支撐，並由美妙的音樂、香醇的美酒，以及女性溫暖的肌膚所點綴。

相反地，賽爾金則是生活在（或被迫生活在）第一次世界大戰後混亂至極的維也納與柏林，情況可謂十分嚴峻。不論是在政治上還是音樂上，都充滿了劇烈的糾葛、苦惱，以及嘗試錯誤。在吃過形形色色的苦、從耀眼神童成長為成熟的演奏家、並在阿道夫・布許的強力指導下鞏固在德國主流樂壇的地位後，他才要開始喘口氣，納粹政權又展開了反猶太的組織性迫害，使得猶太裔音樂家開始四處受擾。雖然百般不願，他還是只能隨布許一家遷離德國轉往瑞士，接下來又移居美國。遠在美國的他甚至還一再提供資金，只為盡可能將依然坐困祖國、深陷危機的猶太裔親戚朋友們營救出國。同時，他還得照料在美國的音樂事業不如自己成功的義父布許。人生實在是滿布艱辛。

當然，魯賓斯坦與賽爾金兩位鋼琴家天生個性迥異是毋庸置疑的。但除此之外，分屬不同世代的兩人所處的時代精神，也在雙方人格的形成上產生了巨大影響。即使同樣生為「東歐猶太窮孩子」，但兩人之間十六年的年齡差距，其實有著遠超過這個數字的字面意義的深刻意涵。雖然歐洲成熟到了極點的貴族社會，以及這個貴族社會所孕育而出的豐富文化，實質上均已隨一次世界大戰與俄羅斯革命謝幕，但魯賓斯坦在最多愁善感的時期，曾生活在其最後餘暉之下。但賽爾金可就沒這麼幸運了。因此兩人之間，其實隔著一道無法跨越的時代鴻溝。

在提筆撰寫這篇稿子前，我找出家中所有魯賓斯坦和賽爾金的唱片與CD，悉數疊在書桌上瞧瞧；我不得不承認它們遠比事前想像的要來得多。兩人的演奏生涯都很長，錄音的次數當然是不會少的。因此原本也沒刻意收藏兩人演奏的我，在不知不覺中竟然也累積了這麼多。

就曲目來看，魯賓斯坦所涵蓋的範圍明顯要比賽爾金來得寬廣。賽爾金的曲目幾乎完全限定在德國／奧地利系的音樂領域內，而魯賓斯坦除了這類題材外，還多了蕭邦這個如定存般穩如泰山的祖國同胞的超級鉅作，甚至連法國和俄羅斯音樂都被他一絲不苟地籠絡進自己的勢力範圍內。但彷彿是為了彌補曲目的不足，賽爾金會一而再、再而三地錄製同樣的曲子。哥倫比亞唱片公司對這點也沒任何抱怨，總是耐著性子盡力配合；似乎沒聽到任何製作人抱怨：「什麼？又要和奧曼第（Eugene Ormandy）聯手詮釋貝多芬的協奏曲？不是上次才錄過嗎？請您偶爾也換換口味，彈點柴可夫斯基什麼的好嗎？」

在哥倫比亞唱片長年擔任他的製作人的湯瑪斯．弗洛斯特（Thomas Frost）曾說過：「記得要在什麼時候錄製什麼曲子，大都是賽爾金老師自己提議的。哥倫比亞唱片從來沒有主動給過他任何提議。而且，哥倫比亞唱片也從來沒有回絕過賽爾金老師的任何提案。」聽起來那果真是個優閒美好的時代。雖然酬勞遠比現在來得低，但唱片公司毫不囉唆，完全尊重音樂家的意見，在討論合約之前也懂得先握個手。賽爾金的唱片在銷售成績上只能算是差強人意，從沒擠身霍洛維茲和魯賓斯坦等同行的搖錢樹等級，但哥倫比亞唱片對他從頭到尾都是敬愛有加。相信此等美談，是決不可能發生在現今的音樂界的吧。

光是布拉姆斯的二號協奏曲，賽爾金就在哥倫比亞錄過四次。前三回都是和尤金．奧曼第所指揮的費城管弦樂團攜手（由於全都是由同一樂團伴奏，這三個版本著實教人難以區別），第四次則是與喬治．齊爾所指揮的克里夫蘭管絃樂團合作。看來他對這首曲子實在是情有獨鍾。但魯賓斯坦可也是輸人不輸陣；他從十幾歲起便對這首曲子便抱有特別的個人情感，生涯中同樣也曾錄過四次。兩人的版本我都收藏了兩張，便趁這次機會把它們逐一放上了唱盤聽聽，果然均為上乘之作。由於魯賓斯坦和賽爾金對這首降B大調協奏曲的詮釋是那麼的勝負難分，即使一口氣聽完這四張唱片，依然讓人覺得百聽不厭。

在魯賓斯坦的版本中，個人最欣賞的首推他與約瑟夫．克里普斯（Josef Krips）所指揮的RCA交響樂團所合作的錄音。雖然這版本似乎沒受到應有的評價，但裡頭那高格調的端正演奏，實在有著一股讓人巴不得從頭到腳浸淫其中的魅力。雖然錄音年代久遠，但聽來依舊是那麼的熱氣騰騰。相較之下，他與弗里茨．雷奈（Fritz Reiner）攜手合作的版本雖然也是風格別具，但整體形式上實在是稍嫌老舊。不過當然，這也算是另一種韻味就是了。魯賓斯坦一般被公認為詮釋蕭邦的專家，但在演奏舒曼和布拉姆斯的樂曲時，卻也散發著一種演奏蕭邦時所沒有的勁。

至於賽爾金的最佳傑作，個人首選依然是與喬治．齊爾合作的版本，因為它最具精神性方面的深度。相較之下，和奧曼第攜手的版本（立體聲錄音）則積極地凸顯這首曲子的開朗精神，每個轉彎都有著新鮮的驚喜，和賽爾金的固有形象有著些許微妙的落差。相比之下，與齊爾合作的版本有的就是「一切照規矩來」的純正北德意志式（也可說是正常位式）的按部就班風格。該如何在上述版本之間做抉擇，端看個人品味。不過若非得挑一個不可，我還是會選擇與齊爾合作的版本就是了。

雖然從賽爾金那「縱使鋼琴音色不同，結果仍將殊途同歸」的禁慾觀念看來，他和以豐富多采的音色馳名的奧曼第所指揮的費城管弦樂團理應是不大搭調，但事實上賽爾金對奧曼第所營造的音樂似乎是打從心底佩服。倆人在私交上亦結為盟友，從五〇年代到六〇年代殷勤地往返於佛蒙特州與費城之間，精力盎然地致力於演奏與錄音工作。而喬治．齊爾那嚴謹痛切的演奏風格，雖然看來和賽爾金理應十分契合，但齊爾即使在移居美國後，依然魂繫維也納時代前輩們的風格，想必看得賽爾金頗為不安。再者，齊爾那總是過度拘泥於形式的拘謹性格，或許也讓相對活在平民幽默感裡的賽爾金看得喘不過氣。看來人與人是否合得來還真是難判斷。雖然倆人在音樂理念上理應能意氣投和，但總是不吝惜讚美齊爾的，反而是魯賓斯坦。

在一前一後地讀完這兩本書，並把自己收藏的相關唱片拿出來一一聽完後，原本沒太多感覺的魯賓斯坦和賽爾金這兩位已故鋼琴家的演奏，這下聽來卻是那麼的有血有肉，彷彿各自懷有不同的憧憬、矛盾與缺陷，變得更為栩栩如生了起來。相信有些同好會認為只要音樂本身夠好，其他一切根本沒什麼好計較；這種看法當然正確，但對我來說——或許是因為自己身為小說家使然吧——總希望能以音樂為媒介，更近距離地了解與這音樂相關的人物的生活與情感。因此像這樣看完這兩本書，再聽聽音樂後，總能體驗到一種賺到了的愉悅。以這種方式欣賞音樂，其實也沒什麼不好吧。

①譯註：星飛雄馬爲日本知名漫畫《巨人之星》裡的超級投手，漫畫中爲了練出「魔球」，曾於上半身佩戴裝有超強力彈簧、嚴重限制肢體活動的金屬矯正器。

CONCERTO NO. 2
RUBINSTEIN

溫頓·馬沙利斯的音樂
為何（以及如何）無趣？

溫頓・馬沙利斯

（Wynton Marsalis，1961-）

生於紐奧良。1980年以亞特・布雷基與爵士信差樂團的耀眼成員身分進入樂壇，並被爵士樂界譽為回歸傳統路線的旗手。同時也跨足古典樂界發表作品。現擔任林肯中心爵士樂團（Lincoln Center Jazz Orchestra）的音樂總監，並於97年榮獲爵士樂界第一座普立茲獎。

若要從最私人的（而且也沒多大意義）經驗開始談起，每當聽到溫頓．馬沙利斯這個名字，我第一個想起的就是自己被貓咬傷的經歷。

從一九九一年初到九三年夏天，我旅居新澤西州的普林斯頓，寄宿在普林斯頓大學的教職員宿舍裡。當時我住的是一棟小小的木造平房，由於採光不是很好，屋內四處彌漫著一股黴味。普大裡有一棟名為麥卡特劇場的古老音樂廳，不時會舉辦一些演奏會。普林斯頓是個完全沒有娛樂設施的小鎮，雖然風景優美，但其實不過是個無趣到極點的鄉下地方。因此這類音樂會簡直如天降甘霖，著實讓我感激涕零。由於佔了距紐約僅需一小時車程的地利之便，因此不分古典、爵士或搖滾，不時會有知名演奏家造訪此地。雖然礙於音樂廳頗為迷你，大如交響樂團者無法在裡頭演奏，但卻是個極適合親密的知性演奏的場地。

有一次溫頓．馬沙利斯的小樂團預定到當地演奏。馬沙利斯的樂團在當時（也許現在仍是）可是個威震四方的一流樂團。當然，我老早就買了預售票，引頸期盼早日欣賞到他們的演奏。但就在演奏會的前一天晚上，就在我逗一隻打我家門前草坪經過的花貓玩時，這隻貓突然咬了我的手一口。原本牠還舒服得喉嚨咕嚕咕嚕作響，但卻在一瞬間就變了臉。由於被貓咬對我來說是家常便飯，因此當時也沒放在心上。但當我和鄰居聊起這件事時，竟被告知：

「春樹，這件事非同小可。你得趕快報警。」

「那是隻什麼樣的貓?你以前曾見過牠嗎?長得什麼模樣?」火速趕到現場的警察問的竟然全是這類問題（向一個佩戴大型手槍、一臉嚴肅的警察詳述一隻貓的長相，任誰看了想必都是滑稽至極吧）。接下來我馬上搭警車趕往醫院急診室，接受狂犬病的治療。醫院裡的護士問我：「倒是，你打過Tetanus疫苗嗎?」Tetanus其實就是破傷風，但當時我還不認得這個字，因此只能回答：「那是什麼?」對方聽了卻說：「為了怕麻煩，乾脆兩種一起打好了。」接著便要我面朝下趴在病床上，一口氣為我打了六支和家畜疫苗一樣大的針，分別是手腕兩支、腿上兩支、屁股上兩支。雖然到了現在才抱怨已經沒什麼用，但這些針打在身上竟然是難以想像的痛，搞得我好一陣子都站不起來。

不過是被貓咬了一口，為什麼得這麼大費周章?原因是美國東岸不比日本，狂犬病和破傷風在當時疫情頗為嚴重。不只是狗，連貓、蝙蝠，或松鼠都可能成為狂犬病的傳染媒介。因此類似史蒂芬金的《狂犬庫丘》（*Cujo*）裡的情節，偶爾還會成為現實。因此還請欲前往東岸的愛貓人務必小心。

總而言之，這六支針對我來說似乎是藥效過強，當晚我就發起了高燒，而且還燒了一整天。當時我不僅冒了一整晚汗，同時還呻吟個不停。當然，這或許好過真的感染犬病或破傷風，但這麼一來哪還有心情聽演奏會，只好將馬沙利斯演奏會的票送給了附近鄰居。因此很遺憾的，我就這麼錯過了黃金時期的溫頓・馬沙利斯樂團的現場演奏，只因為被附近的貓給咬了一口……。人生際遇果然難測。

日後我才知道，當時溫頓・馬沙利斯其實是借用普林斯頓大學的音樂廳錄製古典音樂演奏。反正都到了這裡了，因此就順便在普林斯頓舉辦一場演奏會。這麼說來，或許我和他曾在校園內擦身而過也說不定，但由於渾然不知他人在該地，因此也沒想過要好好注意。而且當時梅格・萊恩正好在當地拍攝一部以普林斯頓大學為舞台的電影（《愛神有約》），我的注意力全都被吸引到那頭去了。

雖然錯過了小樂團的演奏，但過沒多久他又帶著林肯中心爵士樂團重回麥卡特劇場演奏，這回我可就平平安安地（也就是沒被貓、狗或蝙蝠咬傷）聽到了。基本上我還挺喜歡這個樂團的。雖然他們所從事的，不過是忠實地以現代風格重新詮釋艾靈頓公爵或路易・阿姆斯壯等昔日經典，也就是類似古典音樂的「古樂器演奏」，但對從以前就喜歡這種傳統爵士的我來說，這種演奏反而會帶來一種「原來還可以用這種角度詮釋」的驚喜。艾靈頓公爵樂團的保羅・岡薩夫斯（Paul Gonsalves）那二十七回①的經典次中音薩克斯風獨奏，在此也完全重現（辛苦了），讓聽眾席狂熱到了極點。對熟知原經典的樂迷來說，欣賞這段演奏可是個雙重享受。

不過，若要我把這樂團的音樂再聽個幾次，說老實話可就沒什麼興趣了。或許這理由在相當程度上也可以套用在所有忠於原典的古樂器演奏古典樂團吧，其實只要聽個幾次就覺得「夠了夠了，各位想演奏些什麼我已經知道了」。不容否認，本著這種積極態度，重新發掘早被世人遺忘，僅有極少數熱心的爵士樂迷還在欣賞的昔日音樂遺產，本身是件立意良好、饒富意義的事，但聽久了也讓人越來越有覺得：「到頭來也不過是習作嘛」。或許這麼說太殘忍了點，但這樂團的音樂實在有點像腦袋好的研究生信手捻來的學術論文。當然這也沒什麼不好，但聽久了多少還是讓人感到肩膀酸痛。若聽到這種演奏的意義在於重新定義非洲裔美國音樂的價值，肩膀就更酸了。

雖然馬沙利斯的音樂活動橫跨古典與爵士兩個領域，但光是在爵士的領域裡，他的小樂團和林肯中心爵士樂團在音樂風格上就已經是大異其趣了。前者講究的是即興演奏，後者講究的則是以考證為基礎的編曲與合作無間的合奏。在操作模式上，後者注重的是如何將古典音樂的方法論（know how）直接移植到爵士樂上。這是個頗有趣的模式；雖然將古典音樂的音質、語彙與質感直接移植到爵士樂裡的例子為數不少（諸如岡瑟．舒勒（Gunther Schuller）的「第三流派」（Third Stream），或ＭＪＱ②的代表人物約翰．李維斯（John Lewis）的音樂，以及「巴哈爵士」（Play Bach）」，但將古典音樂的方法論當做基本結構全盤移植的，馬沙利斯恐怕是第一個。他的嘗試或許也能以「解構」古典來形容吧，而且他在這方面的處理還頗恰如其分，不難看出溫頓・馬沙利斯這位音樂家腦袋是多麼好、眼光又是多麼正確。即使或許讓人肩膀酸了點。

但這種帥氣的方法論或原典主義，雖然在和大樂團配合時有效，但和以即興演奏為主的小樂團合作時，可就沒那麼稱頭了；因為演奏的自發性與音樂構造的整合性有時是會互相排斥的。想要求自發性和整合性兼具，就等於夢想打造一台「省油的高性能跑車」，兩種條件就算不相違背，至少要湊在一起是相當困難的。這就是溫頓・馬沙利斯二十幾年來的音樂活動一直無法解決的兩難、甚至可說是挫折吧。再怎麼饒富知性，如果一個音樂家過度拘泥於理論，可是沒辦法順利往上爬的。

不過，先別急著下結論。

為什麼溫頓・馬沙利斯的音樂會如此無趣？這就是這篇文章將探討的主題。若想形容得更進一步，其實應該說「為什麼他的演奏無趣的時候，要比沒那麼無趣的時候多些？」總之，這就開始討論這個問題吧。

首先我必須聲明，我並不討厭溫頓・馬沙利斯或他的音樂。不僅收藏了不少他的唱片，而且也常拿出來聽。這些音樂的高品質總是讓人油然起敬，因此我一直期待他的音樂有朝一日能成為爵士樂的一個突破口。再者，這麼說或許有點像逆向思考，但無趣的音樂並不一定就是壞音樂。無趣的音樂至少還具有某種程度的效用。若全世界充滿了非凡、刺激的音樂，想必絕對會搞得大家喘不過氣來吧。說句老實話，比起奇斯・傑瑞特（Keith Jarrett）的音樂那種怪里怪氣，溫頓・馬沙利斯的無趣還要討喜得多。而且同樣是無趣，比起奇克・可瑞亞（Chick Corea）的音樂那種無趣，馬沙利斯的無趣素質還要高得多。

即使如此，我總是深感不可思議：為什麼溫頓・馬沙利斯這麼天賦異稟、品味絕倫的音樂家，創造出來的音樂就是得如此無趣？為什麼就是不能更刺激一點？

立志成為一個爵士樂手的溫頓・馬沙利斯在一九八〇年前後毅然決然地放棄了茱麗亞音樂學院的學位，並推出了第一張唱片。眾所周知，他加入爵士名門亞特・布雷基與爵士信差樂團，在該團旗下灌錄了幾張唱片，年僅十幾歲便讓世人注意到這位小號手的驚人才華。馬沙利斯在這些唱片裡的表現，如今聽來依舊是魄力十足。但馬沙利斯的傳記〔《史坎的地盤》（*Skain's Domain*, Schirmer Books）〕裡提到當時他的爵士樂知識其實是出人意料的匱乏（或者該說是偏頗），而且似乎沒聽過亞特・布雷基的音樂，說不定被問到時還會納悶：「『呻吟藍調』（Moanin'）？『藍調進行曲』（Blues March）？這些是什麼東西？」。他不太能融入樂團「新咆哮」（Neo Bop）式的強力律動爵士（hard driving jazz）路線，甚至曾大膽抨擊：「天天演奏這麼單純的曲子實在無趣」。

但即使如此，從當時的現場錄音不難聽出他的演奏是如何的變化自如、毫無畏懼，總之帶著一股毫無顧忌的潑辣，完全聽不出是出自一個幾乎毫無實戰經驗的青少年之手。這股渾然天成的潑辣和初出道時的李・摩根有幾分神似，但馬沙利斯若聽到李・摩根這名字大概也只會問：「這又是誰？」他開始鑽研爵士的歷史，最後具備了豐富的知識（說得更進一步就是以理論武裝自己），可是很後來的事。當時身處爵士信差樂團這家「名校」的他，終日忙著積極吸收各種實戰經驗與技巧，到頭來又有了驚人的進步。

曾擔任該團貝斯手的查爾斯・范布羅（Charles Fambrough）曾如此描述過當時的溫頓：「記得這傢伙脾氣十分火爆，每為一件小事便要『為什麼會這樣？』『為什麼會那樣？』地四處質問大家。但他真正想表達的意思其實是：為什麼明明該這麼做，卻要那麼做？也就是說，與其告訴大家如何做比較好，他寧願選擇用這聲東擊西的方式來說。他這招看在我和亞特眼裡都覺得好笑③。溫頓腦袋裡在想些什麼，我們也懶得知道，因此就放任他自己去發揮。不過，他雖然脾氣火爆，但卻給了樂團不小的啟發。即使有脾氣火爆這個小毛病，他所提的可都是貨真價實的點子。這點就是我最欣賞溫頓的地方。」

「雖然他對其他人老是囉里囉唆的，但他這麼做全都是本著一股使命感，只為把音樂、或音樂環境改善得更好。其實溫頓所扮演的角色，簡直就像個義警。」

對毒品深惡痛絕的溫頓，曾刻意向吸毒後在演奏會上嗨翻天的大牌布雷基質問道：「為何要幹這種事？」為此把布雷基給惹毛了。如果只是嘮叨兩句也就算了，但他之所以脫口說出這種話，其實是因為布雷基藥性發作後，節奏抓得稍微慢了點，讓在音樂上講求完美的他忍無可忍，才會一想到就這麼口無遮攔。打從十幾歲起，他的性格就是這麼的一絲不苟、狂信爵士基本教義、而且完全不願妥協。

不消說，溫頓直到離開爵士信差樂團，擁有了自己的樂團後，才開始依自己真正想走的路線演奏。這樂團是個野心勃勃、成員包含了比他年長一歲的哥哥布藍佛・馬沙利斯（Branford Marsalis）的雙管五重奏。究竟當時溫頓想走的是什麼樣的路線？基本上就是六〇年代前半（也就是插電樂器登場前）的邁爾士・戴維斯五重奏所設定的風格，也就是以邁爾士、韋恩・蕭特（Shorter）、與賀比・漢考克（Herbie Hancock）為中心的所謂「新主流派」爵士。如果這個五重奏沒導入插電樂器，領導者的技巧沒有衰退、並以當時的風格留存到了今天，不知道如今演奏的會是什麼樣的音樂？——這就是溫頓的中心概念。（溫頓對插電的爵士樂恨之入骨，因此認為邁爾士和漢考克都「為了錢把靈魂賣給惡魔」，想法非常極端。）

我認為這概念本身非常有趣，而且其假設性的嘗試在音樂面上十分成功。他們藉「古樂器演奏」的手法，巧妙地、帥氣地承襲、考證、分析「原典」。樂迷對這種手法的好惡或許會很兩極，但客觀地說，這種方法還是創造出了高品質的爵士樂。猶記得第一次聽這張唱片時，驚覺他們的姿態如此保守，音樂卻能給人一種不可思議的新鮮感，讓人深感其中必蘊藏著某種嶄新的、超乎預期的可能性。清潔感、沉靜的戰鬥性、敏銳的知性、以及無懈可擊的精湛技巧；光是這些就夠引人側目了。雖然如今聽來，多少或覺得有點做作、有點假，但看在他當時還是個「新手」的份上，這些應該都是可以原諒的吧。

不過，我同時也感覺到馬沙利斯的音樂的中心精神，說不定原本就含有這種做作的特質。雖然過於嚴肅、架勢過大，但他的演奏（或生活態度）看來幾乎全都過頭了些，讓人覺得：「似乎太過火了吧」。這方面的確會給人一種做作的印象。雖然他頭腦伶俐、動作瀟灑、又辯才無礙，但總擺脫不了一股鄉下土味。這點和音樂風格時髦、帶都會感的邁爾士・戴維斯形成了強烈的對比。他的做作說好聽點，帶有一種幽默與質樸的說服力，其中蘊含著一種「溫頓・馬沙利斯獨具的」莫名魅力，但或許是本人對此毫無自覺，到頭來得出的結果並不是這麼一回事。

但總而言之，對當時融合爵士（fusion）、前衛爵士和資深樂手們的新咆哮爵士都依各自的發展方向走到了盡頭，整體而言開始變得走投無路的爵士樂界來說，馬沙利斯兄弟所創造的音樂聽起來絕對是無比新鮮的。由於龍頭老大邁爾士已然陷入無法好好吹奏的狀態，爵士樂界必須找到另一個劃時代的新英雄、新象徵。

馬沙利斯樂團最初的幾張唱片獲得了極高的評價，在銷售上也頗為成功，還同時獲頒爵士與古典兩方面的葛來美獎。他們的年輕衝勁、卓越的技巧、優秀的創作能力，以及義大利名牌西裝的瀟灑打扮，讓他們不僅擄獲爵士樂迷的心，還贏得了世間的注目。但同時也有部分樂評指出他們「不過是踩著邁爾士．戴維斯過去的腳步」，而且戴維斯本身還成為反馬沙利斯陣營的先鋒。看到幾個小鬼把自己過去追求到了極致、覺得「已經玩夠了」的東西撿回來隨意把玩，並且還四處宣傳「戴維斯已經墮落了」，邁爾士當然會覺得很不是滋味。因此他對溫頓「在爵士這個音樂分野裡，並沒有提出任何新創意」的酷評，的確是頗有說服力。

而馬沙利斯當然也得想個法子對抗這種批評。他必須明確主張：不，我並不是個專搞邁爾士模仿秀的戲子，而是個名叫溫頓．馬沙利斯的原創型音樂家。不過這可不是樁容易的差事；馬沙利斯本身是個若找不到「宿主」，就無法進步的音樂家。說難聽點就好比寄居蟹，必須找到一個牢靠的殼＝結構才能恣意發揮自己的才華。而如此牢靠的殼，可不是隨便晃晃就找得到的。

在哥哥布藍佛與鋼琴手肯尼．柯克蘭（Kenny Kirkland）兩個樂團的核心成員離團後，溫頓才開始徐徐展露新創意。兩人應史汀（Sting）之邀，拋下溫頓加入了他的樂團。這讓溫頓備受打擊（其中當然也牽涉到兩兄弟之間的心理糾葛），但如今看來，這件事對他的音樂反而產生了正面影響。尤其是在新任鋼琴手馬可士．羅伯茲（Marcus Roberts）開始大放異彩之後，溫頓的音樂開始急速脫離邁爾士陰魂不散的影響，逐步為自己建立了新的架構和語彙。

這次「換新殼」的成果，主要展現在兩個系列的作品中。第一是持續發行到第六輯的

「經典時間」（Standard Time）系列，另一個則是三張《南方藍調的靈魂姿態》（Soul Gestures in Southern Blue）系列。在前者中，溫頓以經典曲為主軸，重新詮釋了從咆哮時期到前咆哮時期的爵士史，在後者中，則是大膽挑戰了「馬沙利斯無法演奏藍調」的批判。溫頓年輕時曾狂妄地宣稱「藍調這種音樂是黑人文化的恥辱」、「傳統爵士根本就是躺在博物館裡的木乃伊」，但畢竟他本性勤勉好學，在發現唯有這條能助他脫離邁爾士的影響後，他很快便把藍調學到了滾瓜爛熟。

我個人認為「經典時間」系列所收錄的曲子裡有一半極為優秀。感覺得出他「在錯誤中學習，一項一項扎實地學習」，這的確是他的偉大之處，因此這些音樂還頗有一聽的價值。但老實說，剩下的另一半演奏則是既平庸又無趣。而且由於本人對這種無趣毫無自覺（看來應該是如此），聽來更讓人感到難以忍受。他那洋洋得意的態度簡直像在告訴大家：「看吧，我這個也會，那個也會了」，感覺上更是讓人看不順眼。

不過，《南方藍調的靈魂姿態》可就是值得讚賞的音樂了。溫頓嚴謹、認真的個性，在這裡可就展露得很有分寸，尤其第一輯中的《南方濃烈》（Thick in the South）實屬精采的上乘之作。這首曲子是由溫頓與喬・韓德森（Joe Henderson）一同演奏的（第二首則是由艾爾文・瓊斯（Elvin Jones）客串演出），果然不愧為昔日新主流的龍頭，整體基調均由喬・韓德森的調性和語彙所支配，不過是悄悄從旁加入的溫頓，這次可就演奏得很精采了。不管反覆聽幾遍，都能感覺其中蘊藏著極具深度的滋養。溫頓的音樂能給人這種感覺的，老實說並不多。即使技巧常高超得令人佩服，但他會讓人想一聽再聽的專輯其實是少得可憐。但這張演奏得體、原創曲也不俗的專輯卻讓人不由得感覺「看吧，這傢伙只要像這樣好好搞不就得了」？

尤其是在得到以馬可士．羅伯茲為中心的節奏組的強力後援之後，馬沙利斯對爵士傳統的態度就變得謙虛起來、而且也更有自覺了。至少到某種程度，他已經能坦承面對自己來自紐奧良的事實，也發現那裡的草根性風格才是自己的根，何苦一味在音樂中追逐都會感、時尚感？從傑利．洛．莫頓（Jelly Roll Morton）、路易．阿姆斯壯、艾靈頓公爵、最後走到瑟隆尼斯．孟克（Thelonious Monk）和歐涅．柯曼（Ornette Coleman）這條路線，對他個人而言似乎是再適合不過了。這個演化史路線絕對稱不上是爵士歷史的主流，依咆哮時期以後的爵士史觀看來，比較上算是一條個性派的獨特支流。但溫頓積極地探討了這條支流，以考證賦予它新的評價，並藉以其為範例為自己創造出了前所未有的嶄新現代精神。在這個創造過程中，馬可士．羅伯茲的伴奏扮演了一個十分重要的角色。

在訂定這條路線後，馬沙利斯樂團的音樂開始有了中心思想；一股「終於擺脫了邁爾士的影響」的安全感、以及自己終於成為黑人文藝復興運動要角之一的自信，也隨之應運而生。為了超越邁爾士，他沒採取比邁爾士更新的創作形式，反而選擇回歸比邁爾士更老的傳統，這點不論是好是壞，都十分符合他的處事風格。不過這點子並不壞。完全不壞。

但即使已經走到了這一步，他那過於嚴肅、嘮叨、自信、並酷愛控制、鑽研的個性，可就更一發不可收拾了。這些性向一旦過於凸顯，到頭來又造就了一些教人納悶的專輯。

若要知道溫頓・馬沙利斯這「好鑽研」症狀有多嚴重，只要聽聽重新詮釋傑利・洛・莫頓經典的《經典時間第六輯──Mr. Jelly Lord.》就不難理解。在古典音樂的領域中這還不算是個問題，但在爵士的範疇中持續進行這種「重新詮釋經典」的工作，可就讓聽者煩到不禁如此為他心虛起來：「你想搞的我是聽得出來啦，可是別搞得這麼拼命好不好？不覺得有點丟臉嗎？」個人認為爵士樂並不是這麼理論兮兮、研究主義的音樂，而是該更雜亂無章、生氣盎然才是。依這觀點看來，這豈不單純是「咀嚼資訊」？這讓人不禁想像：若邁爾士還未作古，聽到這張唱片時想必會不屑地破口大罵一聲：「Oh, shit!」吧。

說到教人納悶的專輯，最好的例子可能要屬完全讓人參不透的《夜半藍調》（經典時間第五輯）；因為這張專輯實在是無趣至極。由於它實在是無趣到了任何專輯皆難以望其項背的地步，因此也成了我珍貴的午睡背景音樂之一（另一張是馬友友與克里夫蘭弦樂四重奏合作的《舒伯特弦樂五重奏C大調》）。同樣採用了弦樂團的早期專輯《熱屋之花》（Hot House Flowers）也屬平庸至極之作，但這張絕對是輸人不輸陣。看來他或許是以邁爾士和吉爾・艾文斯（Gil Evans）的合作為範本，但到頭來不過是一場乏味與枯燥的東施效顰。

想來這點還真是不可思議。馬沙利斯本身是個超一流的古典小號手，和交響樂團合奏對他來說理應是易如反掌。但一旦他在交響樂團的伴奏下演奏經典曲，所獲得的竟然是如此無趣至極的成果。這到底是怎麼一回事？少了吉爾・艾文斯這位曠世編曲天才當然是主要原因之一；這張專輯的編曲實在是太平庸了（當然，這在某種程度上也是馬沙利斯所意圖的），不過糟糕的還不止於此。或許這麼說有點殘酷，但溫頓在此的演奏中實在聽不大出一種迫切的「我非得透過這音樂說些什麼不可」的靈魂欲求。因此雖然他在弦樂伴奏下自在地吹著小號，但音樂本身實在難以讓人聽出任何真正的靈魂。同樣是搭配弦樂，查理・帕克（Charlie Parker）、克里夫・布朗（Clifford Brown）與比莉・哈樂黛（Billie Holiday）的錄音可就不同了。雖然形式上和馬沙利斯的作品大同小異，但內容深度上卻有著天壤之別。諷刺的是，他本質上最大的弱點竟然出現在他理應最擅長的形式主義上。除了聽得出他「怎樣？不賴吧？」的洋洋自得之外，音樂竟是出人意料地缺乏深度。除了他的原創曲多少還值得一聽外，剩下的經典曲說穿了都悲慘到毫不足取。

邁爾士・戴維斯的技巧不如馬沙利斯般融通無礙，為人也是個令人生厭的自大狂。但邁爾士・戴維斯自有非說不可的「故事」，僅有靠自己的語言才能栩栩如生地傳述給聽眾。邁爾士不僅憑自己的雙眼看到一個全然不同的心象風景，同時也能以自己的畫法（語法）將之原汁原味地呈現給聽眾，因此得以與他的聽眾在心靈層次上共享自己的故事與心象風景。這點馬沙利斯（目前還）辦不到。邁爾士深諳自己演奏技巧上的限界，因此以精神性＝心靈手段彌補技巧上的不足，相對之下，擁有卓越的技巧，「想做什麼絕對是無所不能」的溫頓，似乎反而無法參透自己該是什麼德行、該佔有一個什麼樣的定位。

話雖如此，溫頓·馬沙利斯依然是同時代最具發展性的爵士樂手這點絕對是毋庸置疑的。即使許多作品聽來索然無味，但一有佳作絕對是好到教人激賞。也就是說，雖然他無法憑自己的意志刻意讓自己的靈魂走下地下室，但有時卻能因某種影響而不自覺地到達那個地點。至於這種事為什麼會發生，原因是他原本就具備了這種潛在能力。我之所以將溫頓·馬沙利斯評為一個優秀的音樂家，指的就是這個層面。

一如前述的《南方藍調的靈魂姿態》，購買前幾乎不抱任何期待的《真實時光》（Real Time）也是一張值得一聽再聽的好CD。這是溫頓原本為電影所創作、但最後未獲使用的配樂匯集而成的專輯，但結果卻是出乎意料的精采，至少聽起來感覺十分自然，讓聽者得以從中一窺他原創音樂的原貌。

到頭來，馬沙利斯的專輯可被分為「令人大失所望」與「令人讚不絕口」兩大類，還真是個十分極端的落差。原本對他移籍藍調（Blue Note）後推出的第一張近作《魔法時刻》（The Magic Hour）也是滿懷期待，但聽了才意外發現實在是無味至極。依個人拙見，這又是一張「什麼？現在還在搞這套？」的凡庸之作。雖然下了不少功夫，但音樂成果依然在空轉，完全不具任何突破「馬沙利斯慣有風格」的要素。換句話說，他不過是在沒有地下室的一樓演奏罷了，因此得到的依然是只顧凸顯自我的音樂。他就是無法意識到自己有時該往後退一步，仔細環顧周遭一番。

但他若在某種影響下被迫往後退一步，讓腦袋裡過度肥大的自我意識騰出一個空位，溫頓・馬沙利斯所創造出來的音樂便會變得更自然、也更有自發性。之前也提到他當年以亞特・布雷基與爵士信差樂團的身分躍上樂壇，而他當時的演奏至今聽來卻依然饒富新意，或許理由也在於此。即使在布雷基麾下時大家被公認為「脾氣火爆」，但他在叭啦叭啦地恣意吹奏時，演奏還比較誠實，同時也充滿了活力。儘管其中沒有任何啟蒙性的理念，光是演奏為他帶來的狂野愉悅便足以讓他的音樂站得住腳。相較之下，世間評價極高的現場錄音專輯《藍調巷現場》（Live at Blues Alley, 1986）在音樂成就上的確是毋庸置疑，但只要聽個幾遍，卻意外地容易聽厭。或許這並不是個恰當的比喻，但他還真像個擅長前戲的男人，總有些地方讓人覺得難以信任（以上純屬個人感想）。

如前所述，他和喬・韓德森共同演奏的《南方濃烈》成果之所以精采，恐怕也是因為他收斂起那副只顧凸顯自我的架勢使然。在和自己所尊崇的資深樂手同台演出時，他往後退了一步，讓自己看得更遠，並得以自在地呼吸，我個人覺得這讓他到達了一個比平時更心胸遼闊、更內省的音樂世界。這種情況實在應該更常發生在他的音樂上才是。但為什麼就是那麼難呢？

前述的貝斯手查爾斯・范布羅也曾如此回憶五重奏時代的溫頓：

「那個樂團裡，沒有在布雷基的樂團時的那種自由。其中有的只是溫頓硬性規定的音樂。他完全不接受其他樂手的任何想法。我還在裡頭時還算幸運哩，當時大家都還能隨自己的意思演奏。不過溫頓總是在背後嘮嘮叨叨地叫我們『這樣搞』、『那樣搞』，到後來問題就越來越大了。」

另一位同樣曾在該團擔任貝斯手的團員（匿名）也曾提到：

「溫頓是個控制狂。就為人方面我是還挺喜歡他的，但就音樂層面來說，他那愛強迫別人接受自己想法的做法實在很難讓人看得慣；畢竟我也有自己想演奏的方式呀。可是溫頓大多數時候都愛鉅細靡遺地指示大家什麼音樂該如何演奏等等。其他人對他這種強迫性的態度也頗為不滿，但在那種氣氛下，根本沒有人敢抱怨。」

到頭來資深樂手們或多或少都覺得他那控制狂令人難以忍受，並紛紛為此求去。填補了他們空缺的，則全都是願意百依百順師事於溫頓的年輕樂手。即使得依溫頓的指示演奏溫頓選擇的音樂，他們也不會有分毫抱怨。這些樂手對溫頓佩服得五體投地，雖然個個的確有才華，但他們過於缺乏個性與韌性，完全無法提出任何足以挑戰溫頓的音樂觀的意見。因此雖然演奏技巧在物理層面上十分高超，但這種「肌肉型」的音樂聽久了總讓人覺得喘不過氣來。整個樂團中依然能展現個人風格的，唯有盲人鋼琴手馬可士・羅伯茲一人。

一度在樂團中擔任中音薩克斯風手的威瑟・安德森（Wessell Anderson）曾如此形容過自己所屬的世代的音樂涵養：

「我們這個世代多半是聽收音機裡的流行音樂長大的。因此要想弄懂爵士樂該怎麼聽，非得從頭學起不可。昔日的樂手全都知道藍調是什麼樣的音樂，但我們全都不知道；唯一知道的大概只有詹姆斯・布朗（James Brown）吧。可是在李斯特・楊剛到堪薩斯市登台時，演奏藍調對大家而言根本是家常便飯；這麼看來，我們在爵士史上算是第三世代或第四世代吧。因此若我們想演奏藍調，非得先將過去的資訊咀嚼一番才行。我們需要追溯歷史、熱心地凝神傾聽過去的音樂，才可能領悟到：『原來如此。這就是為什麼爵士之所以會是這樣還是那樣的原因呀』。」

溫頓・馬沙利斯就等於是這群年輕人的頭子。毫無疑問的，他在比自己年輕的世代眼中絕對是個楷模。因此有越來越多深信「只要學一學，就會發現爵士樂其實挺好玩」的年輕黑人樂手爭相追隨他的腳步，例如泰倫斯・布藍察（Terence Blanchard）、約書亞・瑞德曼（Joshua Redman）、洛伊・哈葛羅（Roy Hargrove）、尼可拉斯・裴頓（Nicholas Payton）、克里斯汀・麥克布萊（Christian Mcbride）、羅素・馬龍（Russell Malone）……還真是多得不勝枚舉。毋庸置疑的，這些樂手們也創立了一個自己爵士流派。但若沒有溫頓・馬沙利斯，或許這個流派永遠也沒機會成形。這算得上是溫頓的偉大功勳之一。

但就溫頓自己的音樂來說，他麾下樂團的音樂其實鮮少有自發性。加入這樂團的樂手，首先必須將溫頓預先準備好的精緻音樂悉數塞進腦袋裡，並練習到將之演奏得滾瓜爛熟、毫無錯誤。對馬沙利斯樂團的團員們而言，這是個最為基本、最低限度的義務。到後來他又要求大家在這控管極為嚴格的框架中各自發揮獨奏功力，但條件是絲毫不能破壞溫頓預先設想好的音樂架構。

這其中既沒有「怎麼演奏都成，放手去幹吧！」這種百花爭鳴的氣氛，也沒有「球到哪裡，人就到哪裡！」這類刺激性的要素。因此即使聽來教人佩服，卻鮮少能讓人感動。或許這個評語可能會讓溫頓暴怒不已，但他的音樂，有時還是會讓我連想到前一段時期的西岸爵士風格。

溫頓不僅是個控制狂，同時還是個嘮叨到極點的傢伙。因為他腦袋好，因此講起話來也是辯才無礙。大家都知道，這種人往往會惹出不必要的麻煩。在一九八四年的葛萊美頒獎典禮上發表獲獎感言時，他在台上滔滔不絕地抱怨起現今（當時）爵士樂界所面臨的「悲慘」狀況，聽得許多人頻皺眉頭。據說當時正在觀賞實況轉播的邁爾士・戴維斯看了便喃喃問道：「有人問他這種問題嗎？（Who's asking him a question?）」他就是這麼個愛喃喃抱怨的傢伙。即使知道他骨子裡原本就對電子樂器深惡痛絕，但在電視上看到他兩眼面對攝影機說出「七〇年代的爵士樂不過是個悲慘的消耗」，這十年來恪守本分地演奏爵士的樂手們哪可能不惱怒？在這類心理層面上，溫頓就是這麼的不懂得體恤人心。自從這次發言以後，許多爵士樂手（至少有好一段時間）都拒他於千里之外。光是年輕氣盛也就算了，但沒體驗過任何挫折這個弱點，對他的音樂和人生絕對是產生了負面的影響。他這一路走得實在是太平順了。

其實我還真想告訴他：「溫頓呀，你真應該失業一陣子，嘗嘗在其他樂團裡討生活是什麼滋味。空有滿腹才華，但不學著吃點苦是不行的。」但現實中已經沒有任何爵士樂團容得下他這種耀眼的實力派了。一如當年的邁爾士．戴維斯，一旦發展到了這種程度，這種人都只能獨自忍受「強者的孤獨」。

我在二手唱片行買到一張低價（如今唱片還真是便宜）的馬沙利斯唱片《藍調與搖擺》（Blues & Swing），內容是馬可士．羅伯茲仍在籍時的四重奏於一九八七年舉行的演奏會。唱片中的演奏技巧著實令人佩服，整場演奏沒有一絲紊亂，俐落得宛如快刀斬亂麻。但觀賞完A面後，不僅肩膀開始酸痛，還令我感到難以喘息，不禁心想：「就到此為止吧。看看別的換換口味好了」，便就近拿起一張查特．貝克的紀錄片電影《一起迷失吧》（Let's Get Lost）（導演為布魯斯．韋伯）來瞧瞧。雖然已經是第二次看這部片子，但一開始播放還是深受吸引，不知不覺間便將整部片子都給看完了。這下才終於能喘口氣，同時還深切地感受到

「嗯，這才叫爵士嘛。」

《一起迷失吧》記錄的是貝克晚年的生涯。當時他的身體已經被毒品給破壞得殘破不堪，技巧和音色也宛如入冬後的螽蟴般老態龍鍾。就演奏品質而言根本不是馬沙利斯的對手。不過即使如此，貝克的演奏還是能直擊聽者的心靈。即使已是老態龍鍾、殘破不堪，他的音樂還是能奇妙地撼動我們的心。原因是這音樂裡飽含查特·貝克的人生（雖然我不太喜歡這字眼，但就用它吧），而且還飽滿到溼潤欲滴的地步。看得客觀點，以一般的標準來說這音樂絕對算不上好。不過這樣的音樂就是爵士樂魅力的重要來源之一。就是本著這種痛切的力量，爵士樂這種音樂形態方能不斷隨時代演變，緊抓住人們的心靈脈脈相傳至今。

不過若是依溫頓·馬沙利斯的觀點，查特·貝克的（尤其是晚年的）音樂應該是完全不值一顧。要不就是會聽得他很不愉快。因為卓越的技巧在溫頓設立的規範中，還是最低限度的要求。他曾就技巧發表過以下的意見：

「或許這麼說總會讓人覺得我很刻薄，但技巧這種東西對樂手來說，或者對不同領域的所有藝術家來說，都是**職業道德最初步的象徵**」。我的看法是，一個藝術家若缺乏技巧，就代表他的藝術形式和職業道德在高水準的層次上無法產生連結，因為在這種層次上，技巧是絕對必要的。一個人若想發表任何具更大意義的理念，首要條件就是得具備應有的技巧。」

（傍點為作者自己加上的）

他這番話或許很有道理。但我認為這實在是太正確、太有道理到過頭了，真巴不得能吐他一句：「原來你不過是個爵士樂的技術官僚」。他所說的就理論上而言確實是十分正確。但對人類的靈魂來說，可就不一定是正確的了。很多時候，靈魂是需要吸收各種超越言語及理論框架、稱不上正確且曖昧不明的事物，並以此為養分成長。因此相信查特・貝克晚年的音樂對某種靈魂來說，必然是意義重大的理念。相反地，馬沙利斯的音樂很可能就不是這麼回事了。

多年前，我曾在美國一家小小的爵士俱樂部聽過小號手湯姆・哈瑞爾（Tom Harrell）的演奏。他的技巧和溫頓相比絕對是B級，不僅演奏風格並不瀟灑，分句也頗為粗糙。但他的音樂卻完完全全打動了我的心，教我感動到一時無法從座席上起身。光憑言語，根本無法解釋他的音樂為何能帶給我如此震撼。雖然就CD聽來，他並不讓人覺得有多了不起，但至少他當時的演奏的確劇烈地撼動了我的心靈。

我認為這才叫爵士；必須能讓人陷入一時無法從座席上起身的失神狀態——如果無法偶爾讓人感受到這種無法合理解釋的力量，還有誰要熱心地把三、四十年的生命奉獻在欣賞爵士樂上？就是因為它擁有這種力量，爵士這種音樂形態方能成立。

不知道溫頓將來是否能超越這種根植於自己本質上的（也就是潛在的）無趣？這問題我

當然沒有答案。不消說，這需要的是溫頓・馬沙利斯自己對這問題能有深刻的自覺，才能找出一個突破口，憑自己的力量理出一條解決之道。但若溫頓無法達成這種自我蛻變，終生沒能成為一個真正的爵士巨匠，他這個世代的爵士樂是否會更失凝聚力，從此淪為某種傳統技藝？這點著實讓我憂心忡忡。不管欣賞與否，溫頓・馬沙利斯畢竟是當代爵士樂界碩果僅存的少數象徵性人物之一。就這點看來，他也不是沒有可能淪為實質上終結爵士樂的劊子手。

基於這個理由，我今後應該還是會繼續聽溫頓・馬沙利斯的音樂。說來也頗不可思議，雖然我不時總要抱怨他的音樂「無趣」或「沒深度」，但就是無法不注意他的作品。在他的身上，我可以感覺到一股其他爵士樂手所沒有的「吸引力」。因此即使再無趣，我還是無法不把他的音樂當一回事；或許這就代表他的音樂其實還是有著驚人的潛能吧。

衷心期待他能創造出飽含滋養、同時也真正創新的音樂。不僅為了爵士樂，也為了他自己。

①譯註：薩克斯風手即興一次AABA曲式，稱做Chrous，中譯「回」。
②譯註：全名為「現代爵士樂四重奏」（Modern Jazz Quartet）。
③譯註：他們倆都比溫頓年長許多。

THICK IN THE SOUTH

スガシカオ①

軟調的混亂

スガシカオ

（1966-）

生於東京都。1997年以單曲〈勇闖排行榜〉躍上樂壇，在以FM為中心的宣傳成為業界內的注目焦點後，於同年9月推出了第一張專輯《幸運草》（Clover），並躍居專輯排行榜第十名。98年曾為SMAP的〈夜空的另一頭〉作詞。

我家在神奈川縣沿岸，但在東京都內還有個能過夜的工作室兼辦公室。因此每週我都會開車往返兩地之間一次。スガシカオ的音樂，就是這種時候我最喜歡在車內聽的音樂之一。說老實話，我平常並不太聽日本的搖滾樂——也就是所謂的J Pop，唯有他的音樂不同。每當他一有新作，就會老老實實花錢購買（廢話），在開車時反覆聆聽。這是什麼緣故呢？為了釐清原因，這次就讓我來好好檢討一下他的音樂吧。

我之所以不太聽日本的流行歌曲，並不是出於某種理由或堅持。偶爾我會在MTV上看看有什麼新歌，偶爾偷閒上淘兒唱片城時也會到J Pop唱片區，戴上耳機試聽一些新歌，聽到有趣的歌曲便會買下來。畢竟我總是本著不排斥任何類型的原則，努力嘗試盡量多聽些音樂。遺憾的是在日本音樂裡，實在不容易發現有趣到讓我願意買回去的作品。一些讓我覺得「好像還不賴」的作品，買回家後聽個幾次還是會聽膩，馬上就拿到二手唱片行去變賣；這種例子倒是不少。這是為什麼呢？

陳列在店裡的大多數J Pop新作，乍聽和乍看（這裡指的是包裝）之下讓人覺得還挺酷的，演奏技巧也還不錯，聽得出在製作上還投資了不少銀兩，但若提到音樂內涵，多半就讓人感覺不出多少說服力了。若要用個普遍點的比喻，就是少有讓人驚艷的傑作。它們多半既不扣人心弦，聽來也是了無新意，實在教人感覺不出有什麼值得掏出三〇〇〇圓買來聽的必要。

當然，在西洋音樂中也充斥著這類缺乏內容、純粹為消耗品的音樂。但其中卻有著不少諸如貝克、電台司令合唱團、REM合唱團，或威爾可（Wilco）合唱團這類教人不假遲疑地決定「一有新專輯就買」的「經典」，而且只要認真在店裡試聽個把鐘頭，就不難找到三、四張教人忍不住想「買回家好好再聽一遍」的作品。不知何故，這種事就極少在J Pop區內發生。當然，我必須坦承自己並沒有時時注意有哪些新作面市（即使真想這麼做，新作的數目也實在是太多了。光是十月號的《CD期刊》就介紹了約三五〇張的新作。才一個月而已喲！），因此或許錯過了一些傑作也說不定。但就機率上來說，挖到寶的機會實在是壓倒性的低，的確是個不爭的事實。

每當我戴上耳機，宛如大海撈針地在J Pop的新專輯中尋寶時，常會心想：「什麼嘛，包裝這麼時髦，到頭來裡頭也不過是『帶點節奏的歌謠曲②嘛』」。聽我這麼一說，想當然會有朋友反問：「帶點節奏的歌謠曲有哪裡不妥嗎？」這種音樂當然沒什麼不妥，純粹是我個人對這類折衷的音樂沒什麼興趣罷了。或許有很多人愛聽這種音樂，但我絕對不會是其中之一，如此而已。這純粹是本著我個人音樂方面的價值觀、或經年累月琢磨出的品味——我並不認為這等於偏見——率直陳述的意見，衷心希望這意見不會得罪任何讀者。

回想起來，在樂團熱風靡全日本的一九六〇年代，我（當時是個高中生）對日本的流行音樂就抱持著和現在差不了多少的感想。也就是說，當時我的想法同樣是：「這些歌曲不過表面上換了個包裝，裡頭也不過是『帶點節奏的歌謠曲』嘛。」（看來影響音樂的環境今昔都沒什麼變化呢）。因此當時的我對Tigers（老虎）、Tempters（誘惑者）等風靡一時的樂團幾乎毫無興趣，而且他們的音樂——這純粹是個人感覺啦——也真的讓人沒什麼感覺（不過也沒糟到得用平庸、無趣來形容的地步啦），唯一還有點興趣的大概只有Spiders（蜘蛛）這個樂團了。雖說我並不是個狂熱的蜘蛛樂團歌迷，而且從來沒買過他們的任何一張唱片，但偶爾在收音機上聽到他們的歌曲時，多少還覺得其中某些歌曲至少給人一種從（國產的）流行歌曲踏出一步的新鮮感。這麼說來，第一次聽到スガシカオ的音樂時，似乎也有點這種感覺。

難道他是平成世代的蜘蛛樂團？

算啦。請原諒我打了這個岔。

我所聽到的第一張スガシカオ專輯，是他在九七年發行的處女作《幸運草》（Clover）。我家裡這張CD上頭蓋有「樣品」兩個字，記得是唱片公司寄到我家來的，至於他們為什麼會寄這張CD給我，理由就不清楚了。至今還沒收到過幾個人寄來的試聽樣品呢。總而言之，就在這麼個因緣際會下，打從他出道時起我就逐一聽遍了他的每一張專輯。記得在收到這張CD前，我從沒聽到過スガシカオ這個名字、也沒看到過這個人，當時只覺得「這個歌手的名字怎麼這麼奇怪？」接著便不抱任何期待地開始播放起這張CD。原本手頭還在忙其他的事，但傳進我耳裡的音樂卻讓我不由得為之驚艷。我旋即在喇叭前頭坐了下來，擺正姿勢，從頭再把這張CD給聽了一次。這下才確定：「嗯——這音樂還不賴嘛」。

整張專輯中就屬〈月與刀〉和〈黃金之月〉兩首歌最讓我喜歡，而且其他的歌也都不錯。不僅〈想要虐待妳〉一曲自始至終那灰暗中帶點痛苦的氣氛都挺酷的，〈小鹿亂撞〉和〈勇闖排行榜〉中淺顯明快的曲調也教人難忘。但最讓我印象深刻的還是要屬〈月與刀〉和〈黃金之月〉兩首。將這張CD反覆聽了幾遍後，スガシカオ這古怪的名字就在我的腦海裡留下了一個深深的印記。

雖然應該沒有必要多做說明，但為了聽到這名字時納悶「スガシカオ？從來沒聽過這個名字哩。這傢伙的CD是德意志留聲機公司（Deutsche Grammophon）發行的嗎？」的讀者著想，還是容我在這兒稍作說明。スガシカオ是個創作型歌手，幾乎所有的歌都是自己作詞作曲，而且由他自己演唱的。不僅如此，就連編曲他也不假他人之手，還會彈奏數種樂器，專輯製作多半也是與他人合作或自己獨力完成的。靠一己之力把自己的音樂管理到這種程度，大概沒幾個人辦得到吧。這代表スガシカオ將自己的所有面相有效地融合在一起，構築出了一個綜合性的、同時卻也個人風格獨具的音樂世界。這可是一個渾然一體、密不可分、「聽過就懂，不聽永遠不會懂」的世界。但一旦下了這麼個基本教義式的結論，他的音樂就幾乎失去了所有為文討論的可能性，因此為了方便，在此還是選擇就他的幾個面相逐一討論。

初次聽到スガシカオ的音樂時，感覺最強烈的就是那獨特的旋律。他的旋律和其他任何人的是那麼的不同，想必聽慣了他的音樂的樂迷，只要聽個一陣子，就不難看出（聽出）「噢，這是スガシカオ的音樂嘛」。我個人認為這種獨特性（distinctiveness）在音樂上的意義是十分重大的。雖然我手頭沒有樂譜，因此一時無法舉出一個具體的例子，但聽得出在和絃的選擇和安排上，他的音樂帶有一種個人特徵。就這點來說，他的音樂或許和保羅・麥卡尼或史提夫・汪達（Steve Wonder）有點異曲同工之妙。請問各位在聽到保羅・麥卡尼或史提夫・汪達的音樂（或許布萊恩・威爾森也是如此）時，是不是馬上就能聽出：「噢，這是保羅・麥卡尼嘛」、「這是史提夫・汪達嘛」？這代表他們的旋律與和絃裡充斥著他們特有的語彙，並藉此堆砌出他們的個人風格。

結果就是在一首歌裡頭，順利的話能在一或兩處營造出某種令人驚嘆的轉折（twist，或張力（tension））。這種轉折對好音樂來說，理應是不可或缺的，而且偶爾還能對聽者的神經系統產生一種類似毒品的效果。例如莫札特的某種轉調，以及艾羅・嘉納（Erroll Garner）隱藏在節拍後的塊狀和絃（Block Chord）就是如此。一旦上了這種唯有他才辦得到的動聽旋律的癮，聽不到時可就折磨人了。若要來個通俗點的比喻，這種感覺就好比毒販為買家打了一針後問道：「怎樣？帥哥，不賴吧？很爽對不對？下次記得帶錢來喲」。

來一段題外話：不只在音樂，大多數時候在文學的世界裡，這種具個人風格（distinctive）

的轉折也扮演著極為重要的角色。若一個作者能在文章裡不時自由地、斷片性地，或累積性地穿插一些這種效果似毒品的個人標記，換句話說就是其他任何人都模仿不來的風格，這個作家或許就能混個至少十年飯吃了。不過當然，若過度依賴這種技巧，創作生涯遲早得走到盡頭就是了。

再者，就音樂本身來說，スガシカオ的編曲也很出色（就版權名單（Credit）看來，大部分的歌也是由他本人編曲的）。俐落的節奏，讓人感覺彷彿整副身子由裡到外都不由得隨著音樂rock n' roll了起來。樂器編曲也頗為簡潔，雖沒多少複雜艱澀的結構、也沒多出幾分新意，但也因此讓人更得以觀察到他在節拍上的調度。而且多少讓人聯想起布克．T與MG's（Booker T. & the MG's）的明晰節奏、扭曲的哇哇效果器，可真是帥到了極點。即使接下來的是抒情慢歌，也絕不至於朝「歌謠曲」的方向直線滑落。聽日本流行歌曲、尤其是抒情歌曲時，最讓我受不了的就是音符與音符之間會突兀地出現一種拖得長長的歌謠曲式「音節」——有時甚至可能只是完全無聲的半晌間隔；這總會讓我在生理上感到難以忍受。不過スガシカオ的音樂卻自然地迴避了這個障礙，讓我聽來可就舒服多了。

容我打個岔；以前我曾在一位美國人的家裡，被矇上雙眼聆聽美空雲雀演唱的爵士經典曲。雖然當時的感想是：「聽不出是誰，但演唱技巧還挺扎實的嘛」，但聽了幾首之後，就越來越能聽出那「暗藏的音節」，最後不得不收回原本的感想。雖然流暢地以自己的風格詮釋爵士經典曲，讓人不得不佩服美空雲雀的演唱實力，但這音樂畢竟不屬於爵士樂的「層次」。當然，我絕對沒有全盤否定這種音樂的意義與價值的意思。

再回頭談談スガシカオ的音樂吧。說老實話，我個人在聽到日本的流行歌曲時，常會因歌詞的內容和「文體」教我膩到難以忍受，因此全盤否定一首歌。這情況和偶爾看到電視連續劇時，被劇中人物那些肉麻的台詞搞得渾身起雞皮疙瘩，只得趕緊關掉電視差不了多少。平常我都把**J Pop**的歌詞、連續劇的台詞，以及《朝日》、《讀賣》等全國性報紙的報導文體當成一種「制度語言」看待（當然並非全都是如此，我只是指大部分）。因此我並沒有興趣指名道姓地一一批評，反正批評這種東西也沒什麼意義。這些文字不過是關係者之間達成某些協議後所建立的一種制度，唯有身處這種制度的架構內，才有辦法、有資格對這些文字做批評；若要將它們當成獨立的作品批評，是幾乎不可能的。說得更明白點，這是個對活在這制度內的人眼裡一切都是理所當然、沒活在這制度內的人則完全無法理解的世界。而且是個市場規模雖極為龐大，但品質卻十分鄉土、扭曲得教人難以想像的世界。

但我覺得スガシカオ所填的詞，似乎屹立在一個和這些文字不同的層次上，因為它們對這一成不變得讓人認為「還不就如此？」的制度的依賴性頗為稀薄。因此在我這種身處與這制度無關的中立地帶的人聽來，基本上還是能將它們當成獨立、公正的作品看待。這是他的歌曲讓我聽得舒服的另一個原因。當然，我也不是在說「スガシカオ所寫的每一首歌詞都是

傑作」，其中當然也是有好有壞，有些當然也教人難以接受。我想說的不過是：「スガシカオ所寫的歌詞，至少有資格被當成スガシカオ所創作的個人作品看待」。當然，首先必須經過這種肯定，接下來方能逐一評論他的作品。

首先，讓我們來看看收錄於他的處女作中的〈黃金之月〉的歌詞：

我的熱情，如今變得比我理應流下的眼淚
還要冰冷
我已經擁有
比任何人都　更懂得掩飾自己的能力

幾度想將　重要的話說出口
但吸進去的空氣　總是哽在胸中
究竟該如何　向你解釋
幾度想開口　卻總是欲言又止

在不知不覺間　我們倆走過了盛夏的午後
卻背負起了黑暗
在微明中　僅靠摸索

努力試著　把每一件事做好

相信大家也看得出這歌詞絕對稱不上華麗，甚至顯得頗為生硬，難以與旋律配合。雖然不像鮑伯．迪倫或布魯斯．史賓斯汀那樣使勁渾身解數地將一堆訊息塞進歌詞裡，但這歌詞也稱不上淺顯易懂，措詞遣字也顯得有點強硬，甚至多少帶點類似往昔的披頭族世代（Beatnik）的氣氛，但也不教人覺得陳腐。總之，這算是一種頗為特殊的「文體」。拿第一段做比方，普通的創作型歌手大概會將同樣的內容寫成這樣吧：

我的熱情　已經變得比我所流下的眼淚
要來得冰冷
我已經擁有
比任何人都懂得欺瞞的能力

這麼寫與旋律要來得更搭調，對聽眾來說應該也更為達意。但若把詞藻修改成這麼漂亮，相信大家做過比較也不難看出，歌詞的韻味將嚴重偏離スガシカオ那獨特的音樂風格。微妙的生硬、些許的不順暢、與某種程度的誇張，才是他的歌詞特有的韻味。或許與其說這種歌詞像詩，不如說像散文還較為恰當。只要硬將這種稍嫌粗糙的歌詞配上歌曲的旋律，便能產生一種獨特的安定感。我用了「硬將」這兩個字，並不是指這首歌的詞曲搭配得不協調，而是指其中不難窺見些許曾費力溝通過的痕跡。至少這並不是讓人左耳進右耳出、純粹為了有詞可唱而寫的歌詞。我認為這種得花點時間費力進行的溝通，賦予了他的歌詞一種頗為「飽滿」的質感。

他的歌詞的另一個主要特徵，就是生理性、感觸性的句子特別多。例如「背負起黑暗」、或「在微明中　僅靠摸索」這類句子，就是典型的スガシカオ風格。說得更聚焦一點，「黑暗」、「摸索」等字眼，在他的音樂裡其實扮演著頗為重要的角色。感覺上，他似乎在自己體內儲存了許多這類情境字眼。狹窄的房間、腐敗的空氣、撲鼻的腥味、辣呼呼的痛覺、不負責任的態度、癢癢的感覺、溼溼的鞋子、慵懶的性交……容我再舉幾個例子：

一覺睡到傍晚
撐起無力的身子
夜晚即將降臨的氣味
已經悄悄飄到了我身邊

〈夏祭〉

我到隔壁房間
叫醒沉睡的爸爸
套窗全被關上
看不到他在哪裡
為什麼要叫我來叫醒他呢……
好暗　好暗　比深夜還暗

〈星期天的下午〉

在我睡醒前　溼暖的空氣
已悄悄降下
整個禮拜　都在下雨
教我鬱悶得　一直窩在房裡

短舌的她給我一個吻
讓我感覺　更形鬱悶

〈無聊／鬱悶〉

這些歌詞裡描繪的，是一個無法輕易逃離的世界、一個僅能在原地不斷繞圈子的世界。雖然曲中的主角多數都對這種世界心懷不滿，但想找到出口可不容易。有的則是明明看到出口就在身邊，但就是沒辦法鼓起精神站起來、走出去，彷彿走到外頭得花他們多大力氣似的。也或許即使他們下定決心走了出去，看到的也不過是個和原本差不了多少的世界。說不定他們根本只是不斷在原地繞圈子。因此，這些主角們只好留在這個狹隘的世界裡，除了藉懶洋洋地接觸周遭事物，以證明自己的存在外，完全無事可做。而由於現實行動受限，再加上日照不足，迫使他們的思考鑽進了觀念性的狹窄洞窟裡。

觀念性——生硬、觀念性的辭彙在他的歌詞裡出現得十分頻繁。以「性交」這個字眼為例，其他歌手（作詞家）——至少在主流歌手裡，大概沒有其他人會毫不避諱地讓如此直接的字眼突如其來地出現在自己的歌詞裡吧。另外，「神」這個字眼也常在他的曲子裡出現。就我所知，在歌詞裡用到「神」這個字眼的日本歌實在是少之又少。雖然「上帝」倒是常被提及，但相較之下，用法就較為口語、日常，就好比「耶穌佛祖，佛祖耶穌」（非常老套吧？）這種感覺吧。但「神」這個字眼遠比「上帝」更富觀念性，也更有西歐（一神教）的味道；其中蘊含著一種嚴謹、絕對的語感。也或許他試圖傳遞的，真的是將宗教性的訊息；這當然也是有可能的。不過與前後文做過一番對照後，我也感覺不出其中蘊藏著多少宗教性的企圖。我甚至懷疑作者之所以祭出「神」這個字眼，目的不過是隨便安排個「至高無上的存在」，只為了在描繪主角面臨的壓抑狀況時貪個方便。感覺上，這有點像是代表一種諷刺性的「天意」（deus ex machina），也就是在某些希臘舞台劇中，在故事接近尾聲時乘著舞台裝置從天而降，隨口來個一句：「一切就交給我吧」，便強詞奪理地解決了一切懸案的神。

（以下的傍點為作者所加）

幸好月兒露臉了
畢竟我已不想在黑暗中迷途
循著映在海上的月光走　我將**更接近神**

〈謝謝〉（Thank You）

睡覺時沒關上窗
諸多不幸因此降臨在我的身上
請用寄宿在妳左手上那
神的力量　為我消災解噩

〈招待折價券〉（Service Coupon）

不過，並不是只有「神」才能解開這些錯綜複雜的結、將主角從封閉狀況中解救出來。

因為「神」可不是會如此輕易露臉的。因此有時會轉由「較易取得的」強力毒藥來扮演這種角色。神與毒藥——在スガシカオ的音樂裡，這兩種解決方案幾乎可說是以同等地位並存的。

剛才在廚房裡
完全無解的難題
用這個強力的poison
便洗得清潔溜溜

最近我們倆的許多問題
都是靠它解決的

今早玄關依然殘留著
些許氣味
為了避免屋內遭到污染
我把整瓶都用光了

〈炸彈果汁〉

這種「四疊半」的封閉舞台內，有著一種黏滑的獨特生理感覺，另一方面，又有一種若無其事的觀念性唐突地從中竄出。這兩種逆向而行的感覺微妙地同時共存，激發出一種柔軟的渾沌。將這種感覺形容成「後奧姆③」聽來或許有點嚇人，但它的確讓人感覺到一股一九九五年後才能理解的、對「大災難」的漠然憧憬。不過スガシカオ的音樂看來絕沒有負面的、自毀的傾向，有的反而是一種不可思議的開朗、以及對現世的樂觀態度，看起來和先前提到的憧憬幾乎是背道而馳。換句話說，他的音樂以一種堂堂正正、循規蹈矩的態度，瀟灑地將那股嚮往大災難的壓抑「情緒」自我燃燒。就好像藉由否定現實、再對這否定加以否定，讓他再度回到了現實……。也好像「熱得腦袋疼痛不已／因此我吃了肉醬」（〈肉醬〉）。更好像「大家都說　幸好我沒買下那只神祕的壺／不過說不定我還能學會說英語……」（〈衝！衝！〉（Go! Go!））。

因此，每當我手握方向盤，百無聊賴地眺望著東名高速道路熟悉的風景，不時謹慎留意可能躲在小田原到厚木道路之間某處的警車時，常會不由得注意起從車內喇叭裡傳出的スガシカオ的歌詞。這似乎已經成了我的一種習慣，也說不定我已經中了他的毒。或許我自己也已經身陷「怎樣?帥哥，不賴吧?很爽對不對?」的世界了吧。

大概就是如此，我也得偷偷摸摸承認自己多少是個スガシカオ迷；但他有的是什麼樣的資歷、實際上從事哪些活動，我幾乎完全不清楚；至於他有多紅、大概賣了多少張CD，我更是完全不知道。其實除了不想知道，也沒什麼必要知道。直到有一天，我的女助理（露肚臍型的女孩）看到我放在辦公室裡的CD時問道：「噢，春樹老師也聽スガシカオ的音樂呀？」我便回問：「喔，妳也知道スガシカオ是誰？」這下她便回答：「怎麼可能不知道？世界上應該沒有人不知道スガシカオ是誰吧？他很有名呢。」我試著詢問其他的助理，大家也都表示：「スガシカオ？當然知道呀。我可是他的歌迷哩。」也有許多人表示喜歡收聽他在深夜主持的FM廣播節目，這下我才知道他原來這麼有名。我對流行一向不太敏感，廣播也幾乎不聽（因為晚上不到十點就睡了），除了電影、體育轉播和新聞之外幾乎也都不看電視，因此完全沒吸收到這方面的知識。原本我還自作多情地想定了一個窩心的關係，以為スガシカオ這個歌手並沒有多出名，但我個人還挺喜歡的……原來自己根本是大錯特錯呢。

為了撰寫這篇稿子，我在網路上稍稍查過了スガシカオ的資歷。他官網如此記載：「於一九九八年中旬推出第二張專輯《家庭》（Family）的同時，第五張單曲《街道》（Street）勇奪全國FM播放排行榜的第一名；……全國各大書店均看得到他為幻冬舍文庫代言的海報；曾經入選《*an an*》雜誌九八年版讀者票選『喜歡的男性／討厭的男性』；知名度已從忠實樂迷逐漸擴散到一般大眾。」

看來我在他出道的第一年也曾是個「忠實樂迷」，但最後終究無法避免被打進「一般大眾」的命運；不過這也是沒辦法的事。不過從這現象看來，這社會原本似乎便已存在一股讓スガシカオ這種「氣質」得以急速為世間所接受的氣氛了。柔軟的渾沌、明顯不盡興的憂鬱、局部性災難的預感、健全的自虐、歡樂的激進主義……。這種「氣氛」在景氣持續攀升的泡沫經濟時期，至少就我所見，可是不曾存在的。

最後，容我介紹一段我個人最喜歡的歌詞：

穿著彆扭的西裝　在滂陀大雨中
我開始覺得累了
婚禮過後　不知是誰提議
我們走進了一家昏暗的中國餐廳
「喂，最近工作順利嗎？」
哪可能順利？
在鞋裡的溼氣乾透前
我們聊了些無關痛癢的話題
面向馬路的玻璃窗　一片霧濛濛

遮蔽了窗外的世界
昨天晚上　去年的今天
我們似乎已聊過同樣的話題……

〈溼鞋子〉

真是美妙呀；我覺得歌詞裡的情境淋漓盡致地展現了スガシカオ特有的風格。一聽到這首歌，歌詞裡的景象便在眼前倏然出現。雖然這種光景其實是稀鬆平常，但卻會讓人不經意嗅到一股「說不定其實隱藏著種意涵」的奇妙真實感。鞋子裡潮溼的感觸、霧濛濛的玻璃窗那懶洋洋的氣氛，都彷彿某種預感、甚至已經發生過（但不知何故業已忘卻）的往事的記憶，逼真地傳達到我們的肌膚上。其中確實蘊含著一種以淺顯易懂的散文文體所呈現的柔軟激進主義。

這個世界可有任何有效的出口？

我也不知道。總而言之，線索大概只能試著從「在鞋裡的溼氣乾透前」這句話裡找吧。

①譯註：台灣有人將「Sugashikao」譯成「須賀」（Suga），實屬謬誤。這位歌手原名其實是菅（Suga）止戈男（shikao），這片假名的名字乃是將原名曖昧化、只取其音的藝名。由於用英文拼音恐失去韻味，個人建議使用日文原文的五個片假名。

②譯註：「歌謠曲」泛指戰後日本融合了些許西洋音樂影響的流行歌曲。

③譯註：意指奧姆真理教的地鐵攻擊事件發生後的時代。

周日晨間的
法蘭西斯・浦朗克

法蘭西斯・浦朗克

（Francis Poulenc，1899-1963）

生於巴黎。曾師事於西班牙鋼琴家比涅斯（Ricardo Vifies）門下，1920年代前半以「法國六人組」成員之一登上樂壇。曾以阿波利奈爾（Guillaume Apollinaire）與艾呂雅（Paul Eluard）的詩為基礎創作了許多歌曲與宗教曲，並留下了許多鋼琴曲、室內樂曲、芭蕾舞曲、歌劇等類型的作品。

記得那是一九八八年春天的事了，我曾在倫敦過了一個月的獨居生活。當時我在艾比路（Abbey Road）附近租了一間按月計租的小公寓，閉關趕工寫小說；也就是《舞，舞，舞》這本長篇小說。雖然已經過了十五年，但卻感覺彷彿是不久前的事。想必這就是自己已經上了年紀的證據吧。

姑且不論倫敦這個都市如何，至少它是個適合欣賞古典音樂的好地方。豐富的選擇，每天都有地方會舉辦值得一聽的演奏會。當然，紐約在這方面也是不遑多讓，同樣有許多演奏會場，以及來自世界各國的知名音樂家，但置身曼哈頓市中心，讓人根本提不起什麼欣賞古典音樂演奏會的興致。當然，這或許只是我個人的問題吧。但比起紐約市內那隨時都在向前衝的刺激氣氛，倫敦就沉穩得給人一種「即使天塌下來都不會有什麼改變」的印象。只要呼吸了那兒的空氣一陣子，就連出門散個步，都會覺得不如順道去聽一場演奏會。

至於在音樂廳裡會看到什麼樣的聽眾，倫敦和紐約也是大異其趣。和倫敦相比，紐約的聽眾似乎都比較企圖彰顯自己的知性，個個擺出一副嚴肅拘謹、甚至眉頭深鎖的表情。相較之下，倫敦的聽眾就顯得輕鬆些，個個一副「反正昨天過了就是今天，今天過了就是明天……」的模樣。即使是同樣內容的表演，在紐約和在倫敦聽起來也總覺得不甚相同——感覺上，演奏者與聽眾的情緒鬆緊似乎都有著某種程度的差異。

論及欣賞音樂的環境，法國和義大利的都市比起倫敦當然也是毫不遜色，唯一遺憾的是辦事效率差了些。若要買一張門票，在倫敦要比其他地方快速、簡單得多。現在情況如何我是不清楚，但當時在義大利要想買張演奏會的門票，很多時候可都是難過登天。為了買票，可能得在冒著雨甚至風雪，一大清早趕到劇場前排隊。在倫敦可就不必吃這種苦頭了；只要隨便翻翻市內的情報誌，一發現想聽的演奏會，只需要打個電話預約，報上信用卡帳號，到場時在劇場售票窗前報上名字，門票就到手了。只要不是太有名的演奏家，以這種方式預約買票大都不會是個問題，而且價格也十分合理，讓當時剛從義大利移居至此的我，甚至開始懷疑辦起事來如此輕鬆，會不會讓自己遭天譴了。

因此旅居倫敦的那個月裡，我欣賞了無數場演奏會。不論是大型交響樂團或室內樂，器樂、歌劇或芭蕾，凡是感興趣的我幾乎場場造訪。一早起床專心趕小說，寫累了就利用下午去散個步，或到茶館啜飲紅茶看看書，太陽一下山便披上外套去聽音樂。那段日子裡最大的收穫，應該就屬布瑞頓（Benjamin Britten）的歌劇《比利・巴德》（Billy Budd）〔場地為國家歌劇院，由湯瑪士・艾倫（Thomas Allen）飾演同名角色〕了。雖然是齣故事灰暗、內容沉重的歌劇，但舞台上充滿了英國人特有的堅持，讓整齣戲演來感人肺腑，別具說服力。

另外一場至今仍記憶猶新的，就是在一個周日早上欣賞的尚—皮耶・寇拉（Jean-Philippe Collard）的演奏會，演奏的悉數是浦朗克的作品。另外，雖然不是古典樂，我也在一家小型夜總會裡欣賞過布洛森・迪莉（Blossom Dearie，當年她還不像現在這樣紅得發紫）

小巧迷你的自彈自唱表演。

現在就來聊聊那場浦朗克演奏會吧。在情報誌裡看到介紹時，我一時還對這場演奏會為什麼挑在周日早上舉行感到大惑不解。但畢竟我原本就熱愛浦朗克的音樂，當然說什麼也不想錯過這場盛會。演奏會的地點並不是音樂廳，而是一棟古老的石造建築裡狹窄的大廳。雖然記不大清楚了，但這場表演似乎是英法交流協會還是什麼團體所舉辦的定期活動之一。總之那是一場規模極小、不起眼但氣氛溫馨的表演活動。四月裡的周日朝陽從窗外射進屋內，在這宛如沙龍般的氣氛裡，只見寇拉如魚得水般輕鬆愉快地（至少看起來是如此）演奏了一首又一首浦朗克的曲子。雖然就時間長短來說，這只是一場超迷你的演奏會，但帶給我的卻是價值連城的滿足與幸福。這下我才體會到，原來浦朗克的鋼琴樂曲就是應該如此演奏、如此欣賞的。若在哪個寬敞的音樂廳裡舉辦浦朗克作品的演奏會，聽起來想必很累人吧（由於沒實際聽過這樣的演奏會，以上意見純屬個人想像）。

在那之後過了很久，我才在書上讀到浦朗克僅利用早上的時間作曲。只在晨光中創作音樂，是他一貫的堅持。讀到這件事後，我這才想起他的音樂和那個星期天早上的空氣果然是那麼的水乳交融。雖然不太好意思拿他和自己做比較，事實上，我也只在早上工作。大都是凌晨四點至五點之間起床，坐上書桌聚精會神地寫到十點為止。除非有特別狀況，太陽下山後我是一概不工作的。這該不會就是浦朗克的音樂為什麼會如此吸引我的原因吧？

最近浦朗克的音樂常在演奏會裡為人彈奏，隨著被錄音的機會增加，優秀的演奏版本也越來越多。但從整個音樂市場看來，他還是個至今仍未獲得應有評價的作曲家。雖然這或許和他旋律讓人印象深刻的作品不多有關，總之和薩提（Erik Satie）這類作曲家相比，他的知名度實在是低得可憐；即使就音樂的格調來說，我認為浦朗克要比薩提高明得多。例如翻開我手頭這本《名曲名盤300NEW》（唱片藝術出版／一九九九年），浦朗克只有一首作品入選。貝多芬有三十九首，莫札特有四十首，但浦朗克的名字在書中幾乎不見蹤影。反正就連庫普蘭（François Couperin）都沒被提及了，找不到浦朗克的名字應該也沒什麼大不了的……不過仔細想想，他們兩人之間似乎沒什麼因果關係就是了。

我和浦朗克的第一次邂逅，是透過高中時代所聽的那張天使（Angle）唱片的霍洛維茲——如今這種紅膠唱片還真教人懷念哪。霍洛維茲在其中演奏了〈牧歌〉與〈觸技曲〉兩首浦朗克的作品。〈牧歌〉作於一九二七年，〈觸技曲〉作於一九二八年；霍洛維茲為這兩首所作的演奏則是於一九三二年錄製的，在當時可算是熱呼呼的新曲。生於一九〇四年的霍洛維茲比浦朗克年長五歲，基本上也算是屬於同一世代；就連魯賓斯坦也曾積極地演奏過當時仍屬新作的浦朗克作品。想必當時浦朗克在巴黎的沙龍界應該算是個眾所矚目、備受讚賞的青年才俊吧。若以現代的音樂做比喻，或許霍洛維茲和魯賓斯坦選上浦朗克的曲子，意義就好比來個「比爾・伊文斯演奏伯特・巴卡洛克」（Bill Evans Plays Burt Bacharach）吧（雖然這個組合並不存在)。雖然僅限於一部分沙龍內,但欣賞古典音樂在當時仍算得上是新潮的娛樂活動。

雖然霍洛維茲這兩首曲子的演奏時間極短(僅有二分十二秒與一分五十二秒),但只要聽過一次,很可能就會在你的腦海裡留下深深的烙印;看來才氣與瘋狂果真只有一線之隔呀。〈牧歌〉中那宛如在乙太光波中翻騰的氣勢已經夠懾人了,但不時出現在〈觸技曲〉中那宛如龍捲風般兇險、瘋狂的旋迴琴技更是讓人佩服得五體投地。雖然當時年僅十七歲的我聽了兩首曲子,立刻成了浦朗克的俘虜,但直到如今再仔細聽了一遍,才發現霍洛維茲演奏這兩首曲子的用意並不是「忠實呈現浦朗克的音樂精神」,而是創造出了另一個更特別的世界。原曲中那飛躍、輕快、諷刺的氣氛已經被掃得一乾二淨,取而代之的是將浦朗克的音樂脫胎換骨、百分之百屬於霍洛維茲的故事。想必其他任何人演奏浦朗克的作品,都不可能如這版本般直教人驚呼過癮吧。

霍洛維茲對浦朗克的音樂很有好感,並與他建立了頗為親密的交情,而浦朗克似乎也將霍洛維茲當成一個琴藝驚人的鋼琴家,對其是讚譽有加(甚至還做過一首獻給霍洛維茲的曲子)。但即使兩人交情如此深厚,霍洛維茲與浦朗克在音樂觀上似乎總有那麼一點不契合。在選擇有助於架構他那獨特的音樂情境的有效「素材」上,霍洛維茲是個十分仰賴直覺、同時也十分小心謹慎的鋼琴家,依他的品味來看,照理說應該是不會把浦朗克或拉威爾(Maurice Ravel)的作品當成合適的好素材的。事實上,也找不到任何霍洛維茲在戰後仍為浦朗克的音樂所傾倒的跡象。理由不知是不是因為依浦朗克的作曲風格，若在演奏時不下些猛藥（好比在〈牧歌〉或〈觸技曲〉中的表現），就無法將他演奏中那爆炸性的韻味表現得淋漓盡致的緣故——這或許就是霍洛維茲這個超個人主義的鋼琴家對浦朗克的音樂失去興趣的原因吧。

或許情況有些出入，但一如霍洛維茲，浦朗克也是個帶點個人主義傾向的音樂家。身為一個天生都會人，他不喜歡刻意或誇張，較尊崇略帶戲謔精神的單純，尤其重視對蘊藏在乍看沒什麼意義的字眼下的雙重含意。就這方面來看，浦朗克的音樂裡那強烈的「浦朗克式風格」，不僅是霍洛維茲，就連許多一般的鋼琴家對其都抱持著猶豫的態度。證據就是——當然這裡指的是至今為止——仍沒幾位名鋼琴家積極地演奏浦朗克的作品。就連前述的魯賓斯坦，對浦朗克的曲子也是興趣乏然，頂多只將他的曲子當成小菜，也就是安可曲來看待。

到頭來，這種傾向似乎讓浦朗克的音樂變成了一個法國（或法國系）鋼琴家，或對這類近代音樂有趣性的專家們認知中的「小眾」（niche）領域。當然，這並不全然是件壞事；世上有這種音樂存在其實也不錯。事實上，在倫敦的那個周日早上所欣賞到的寇拉演奏會，就讓我充分享受到了這種「小眾」音樂所帶來的樂趣，但說老實話，這類音樂聽太多，還是挺容易聽膩的。「浦朗克？不錯呀。感覺今早簡直像置身巴黎呢。」這種話說起來輕鬆，但僅是這樣難道就夠了嗎？老是沉溺在這種「情緒洋溢」的地方好嗎？這疑問（雖然只是偶爾）宛如焚燒晚秋落葉時的裊裊輕煙般，悄悄在我心裡攀升，讓我好奇是否還能再聽到像曾以浦朗克的作品當素材的霍洛維茲般、激烈到驚天動地的演奏版本。即使浦朗克本人是否同意這種詮釋角度，本身還是個疑問。

如今我家中有羅傑（Pascal Roge）、帕金（Eric Parkin）和泰西諾（Gabriel Tacchino）等演奏的浦朗克鋼琴曲集的唱片和ＣＤ，有時會隨心情挑一張來聽聽。整體來說，我感覺羅傑的版本似乎是至今最好的（雖然就我最欣賞的〈法國組曲〉而言，要屬泰西諾的演奏最為精采）。羅傑的演奏十分細心、敏感。既不顯得鬆散，整體的拿捏也十分勻稱，從頭到尾都將浦朗克的風格維持得頗為完滿。既沒一絲含糊混淆，也沒任何填填補補，比起其他的鋼琴家們簡直是整整高明了一級。不過，其中還是缺乏教人瞠目咋舌的壓倒性魄力。

因此，雖說我並不想強人所難，但既然浦朗克的音樂已經被公認為二十世紀的「古典」之一，除了特別對他的音樂有所專精者之外，我還真希望能有個有點野心——且最好是重量級的——鋼琴家來積極、正面地挑戰他的作品。就像浦朗克的前輩拉威爾的音樂般，不僅為非法國系的演奏家們所積極演奏，詮釋方向還由於大家角度的不同而越來越豐富，賦予了他的音樂更為立體、普遍的形象。例如……嗯好比說……真希望有機會聽到波哥雷里奇（Ivo Pogorelich），或是內田光子等名家勇敢挑戰浦朗克的作品。雖然不知道聽了會不會喜歡，但如果真有人發行了這張ＣＤ，無論如何我都非得買一張來聽聽不可。真好奇他們會把浦朗克的作品詮釋成什麼模樣？會不會也彈得如霍洛維茲那麼的驚天動地？

倒是有件事忘了提——而且還忘得挺不應該的：這位作曲家也曾演奏過自己的作品。浦朗克其實也以卓越的鋼琴演奏技巧聞名，一九五〇年曾為哥倫比亞唱片公司自作自彈地錄製過幾首作品，分別是〈三首常動曲〉、〈C大調夜曲〉，以及〈法國組曲〉。這些演奏彈得頗為直截了當，刻意排除了演奏家的個人解釋，聽來感覺頗為出色。不過能劇烈撼動人心的、或讓人感覺「原來如此」的新鮮感卻頗為匱乏，似乎一切都在意料之中，聽個幾次便給人一種似乎少了點什麼的感覺。音樂就是這點難拿捏；過於出乎意料、或一切都在意料之中，聽起來都不大對勁。當然，就作曲家本人自作自彈這點來說，它們在歷史上的確有著難以取代的貴重性，但就和小說家評論自己的作品時一樣，多少讓人覺得有那麼點不痛不癢。聽了這些演奏，教人深感原作與詮釋果真不該出自同一個人之手。

不過，這張CD裡同時還收錄了夏布里爾（Emmanuel Chabrier）的曲子，浦朗克也將這兩首曲子彈奏得生趣盎然、迷人可愛。演唱則是由他的長年盟友男中音貝納克（Pierre Bernac）擔綱。

雖然我個人強烈希望能繼續多寫些浦朗克所留下的鋼琴曲，但仔細想想，最近似乎一談起古典音樂，便老在鋼琴曲上打轉（雖然說來也沒輒，畢竟鋼琴曲是我個人的最愛），因此這次打算盡量談一些鋼琴曲以外的樂曲，尤其是他的聲樂作品。另外，浦朗克遺世的室內樂作品當然也十分出色，尤其使用木管樂器的作品更是優美至極！但提到風格的獨特性，他的聲樂作品才真的是百分之百「浦朗克風味」。想必自詡為浦朗克迷的樂迷們，最後都會不約而同地踏足這塊領域才是。

〈假面舞會〉（Le Bal Masqué）是我摯愛的浦朗克聲樂曲之一。這是一首他本人稱之為「世俗清唱劇」（cantata）的形式的曲子，由歌劇演員（男中音或女中音）在室內交響樂團（規模約八至九人）的伴奏下演唱。這首曲子是他在有名的藝術贊助人諾耶子爵（Charles de Noailles）夫妻的委託下，於一九三二年所作的，歌詞還套用了當時頗受歡迎的猶太裔詩人馬克思・雅各布（Max Jacob, 1876-1944）的超現實主義詩詞。終其一生，浦朗克孜孜不倦地寫下許多唯有他能作的種類的曲子，這首〈假面舞會〉就是個百分之百浦朗克風格的絕佳例子。演奏時間為二十分弱，若以小說來比喻，就是相當於中篇小說（novelette）的規模吧，越聽越無法抗拒那獨特曲風的誘惑。

只要綜觀整體，不難發現浦朗克的音樂中其實有著強烈的躁鬱傾向。一方面帶有爽朗詼諧的衝勁，但同時又有著嚴謹沉重的另一面。雖然這種兩面性就是浦朗克的作品最大的魅力之一——兩者其實是以一種相輔相成的型式共存——而這首〈假面舞會〉在類型上屬於前者。雖說馬克思・雅各布的詩詞原本就帶有這種色彩，多少算是理所當然，但旋律本身就帶有濃郁的「惡毒玩笑」的要素。不過也因為如此，這首曲子方能將中期（雖說是中期，當時的他也不過是三十出頭啦）浦朗克的才氣展露無疑，不論聽幾次都是那麼不可思議地教人百聽不厭。當年巴黎沙龍界那摩登的香氣，彷彿被原封不動地搬到了現代來，而且還完全不失新鮮感、生趣盎然地發揮著原有的功能。乍聽之下雖像輕薄的流行音樂，其實卻又意外地有著沉甸甸的份量。聚精會神地聽起這首曲子，讓我再度體會到比起和他同時代的作曲家們，浦朗克是個多麼天賦異稟的天才。

至今為止，我唯一在唱盤上聽過的〈假面舞會〉唱片，是由湯瑪士·艾倫（也就是前述的歌劇《比利·巴德》的主角）演唱男中音、並由納許合奏團（Nash Ensemble）所伴奏的。指揮是萊諾·弗雷德（Lionel Friend），由一家名叫CRD的英國唱片公司所發行。錄音年分是一九八六年。雖屬罕見的英版浦朗克，內容卻是出乎意料的出色。雖然少了幾分原作中那種巴黎的邊緣氣氛，包裝上多了幾分知性，但也因此適度地──口味上算是中辣吧──「相對化」了這首曲子。比起外表上那刻意使壞的粗野，這個版本反而著重在強調曲子的內部結構。尊崇他的豪放瀟灑的基本教義派浦朗克樂迷，或許對這版本會有點意見（尤其是對艾倫的唱腔那直接的詮釋方式），但對我而言，這可是一場的十分值得讚賞的愉快演奏。至少這張唱片告訴了我〈假面舞會〉這首曲子的存在，並讓我毫不厭倦地欣賞了一段漫長的歲月。不管聽起次，都覺得整場演奏實在是無懈可擊。

由小澤征爾指揮、齋藤紀念管弦樂團（Saito Kinen Orchestra）演奏、於一九九六年錄製〈假面舞會〉，在演奏方式上和納許合奏團可就是大異其趣了。這個版本聽起來更圓滑，也更具有深度與廣度。一如小澤征爾＝齋藤紀念管弦樂團本著該團基本的一貫風格，以宛如雕漆般華麗的音質，為浦朗克的「小世界」做了極具深度的詮釋。小澤征爾是個以系統性地詮釋浦朗克作品為畢生職志的大師，他所創造的浦朗克音樂，和在他之前於世間流傳的浦朗克信徒的版本，在氣氛上有著極大的差異。其中的世界觀，甚至超越了喬治・普列特（Georges Pretre）與安德雷・克路依坦（Andre Cluytens）等所謂使徒型法國指揮家們所詮釋的浦朗克風情。

不過，在此同時——似乎可說是有得必有失吧——部分精神也因此流失了。或許該這麼說吧——其中少了幾分那粗野的空間感。在他對浦朗克作品的解釋實在太密不透風，找不出多少「缺陷美」。若要拿汽車做比喻，坐進法國車或義大利車時，常會發現組裝品質粗糙、內裝的塑膠面板脫落、儀表板貯物箱蓋不緊等缺陷。但在具有這些缺陷的同時，它們卻有著僅有在法國車或義大利車上才找得到的獨特氣息和感觸。只要握起方向盤，便能深深感受到：「雖然品質粗糙，但不知怎的，開起來真好玩呀」。這股韻味對法國車或義大利車迷來說，可是一種無法抗拒的魅力。欲在日本車上找出這種狂野的魅力，幾乎是不可能。但豐田或本田等汽車製造商也不可能為了擁有法國車或義大利車這種魅力，而刻意留下一些缺陷吧；相信消費者也不會希望他們這麼做。相信大家都希望豐田或本田只要清楚知道自己該生產什麼樣的汽車，懷著自信兢兢業業地造車就行了。這麼一來，有朝一日他們終將擁有自己的個性，建構出日本車獨有的哲學。順利的話，遲早也能創造出一種值得舉世崇敬的大眾化風格吧。

雖然拿造車來比喻音樂或許有點牽強，但小澤征爾對浦朗克作品的解釋，或許和前述的造車哲學還真有點相似。小澤征爾＝齋藤紀念管弦樂團在松本文化會館所演奏的浦朗克歌劇《聖衣會修女對話錄》（Dialogues des Carmélites），是場品質扎實、扣人心弦的表演。雖然劇情本身頗為嚴肅沉悶，但其中的音樂依然散發著浦朗克貫有的催眠術（mesmerising）般的美感。復古與革新、曖昧的語彙與圓滑的質感；這個作曲家特有的雙面性格，藉由歌劇這種規模龐大的媒介展露無遺。雖然小澤征爾與波士頓交響樂團攜手錄製的一連串浦朗克作品（尤其是〈榮耀經〉與〈聖母悼歌〉（Stabat Mater）亦均屬佳作，但自從與齋藤紀念管弦樂團搭檔後，對音樂有了更進一步的掌握，也因此給人一種發展目標更為明確的印象。

到頭來，指揮家們總是不斷被迫在浦朗克的音樂這種互相矛盾的雙重性格中做取捨。他的音樂一方面要求特殊性、孤立性，另一方面又要求綜合化、相對化。越相對化，特殊性當然會越稀薄，浦朗克特有的韻味也會逐漸消失；而越追求浦朗克特有的韻味，當然也越難避免專門化、信徒化。換句話說，到底是該深挖戰壕徹底抗戰，還是該毅然決然出外迎戰？不管是對指揮家們來說，還是對浦朗克樂迷來說，這都是個令人為難的抉擇。看來小澤征爾先生選擇的似乎是「出外迎戰」。有人為他的選擇叫好，也有人態度保留。不過小澤先生的一連串嘗試，讓浦朗克的音樂增添了不少深度，到底是個不容爭辯的事實；因此我個人給他在這方面的音樂活動上的積極態度極高的評價。不過，小澤征爾＝齋藤紀念管弦樂團這種無懈可擊的演奏若是聽了太多，或許到頭來會懷念起那軟趴趴、帶點「缺陷美」的浦朗克也說不定。

浦朗克的歌曲簡直就是個迷人的珠寶盒。他畢生創作歌曲不輟，為後世留下了為數龐大的作品。不過，其中有大半是他年輕時期所作，自從他將後半生的大半精力傾注於宗教樂曲，對歌曲的創作也就不再那麼熱心了。浦朗克曾說：「歌曲是為年輕歲月而存在的音樂形態。因為它所呈現的，乃是生命的熱情洋溢。」。若要照這邏輯來形容，那麼他的宗教樂曲不就成了「洞察人生的精華」？這也充分彰顯了浦朗克的雙面性格。

長年演唱浦朗克歌曲的貝納克在這位作曲家辭世後曾說過：「毋庸置疑的，浦朗克在歌曲的分野裡展現了他最卓越的一面。一旦受文學作品啟發，他就變得比任何時候都來得文思泉湧。詞藻的語感、樂句的音色、脈搏的節奏、文字的優雅——在此悉數合而為一，隨著律動、和聲、旋律，帶給他無限的靈感。」

雖然我無法斷言歌曲是不是浦朗克的作品群中的最高傑作，但他所創作的樂曲，的確教人聽不出多少試行錯誤或苦惱的痕跡。這些歌曲中的一切彷彿都是那麼的圓融、自發地降臨在這個世界上。或許仔細分析後，會覺得其實也沒完美到這種程度，但至少在像我這種平日常欣賞它們的聽眾心中，它們強烈地賦予了我們這種印象。這些歌曲很可能都是在短時間內振筆疾書地寫出來的吧。在欣賞浦朗克的歌曲時所感受到的那股愉悅、自在、心蕩神馳的舒適心境，或許就是衍生自這種印象的吧。在這些歌曲中，幾乎聽不出一絲在他的鋼琴曲或管絃樂曲中偶爾能察覺到的**不協調**。對我而言，它們每一首都安穩地據有一塊屬於自己的地盤。

長年以來，蘇才（Gérard Souzay）與巴德溫（Dalton Baldwin）的LP（RCA LSC-3018）讓我充分享受了浦朗克的歌曲所帶來的樂趣。雖然這張唱片收錄了十三首歌曲，但由於是張沒有歌詞的進口唱片，因此我有很長一段時間都不知道裡頭的法語歌詞在唱些什麼。不過即使聽不懂，這張唱片還是讓我聽了數不清多少次。只要細心聆聽這些話語中的旋律，或許就能——我如此認為——理解、並享受這段音樂了。

終其一生，浦朗克共創作了一五〇首歌曲，其中有一三〇首是為同時代的詩人作品配上音樂而成的。他不僅以嚴格的標準篩選文學作品，作曲時對詩詞的內容也頗有堅持。不過，我認為這並不代表非得懂這些歌詞，才能理解這些音樂的本質。在反覆聆聽蘇才的演唱後，我對浦朗克的歌曲便強烈地產生了這種印象。蘇才的歌聲十分柔和、平順，雖然沒有爆炸性的情感宣洩，對話語中自然的旋律卻是十分重視，活像室內樂曲中搶盡風頭的木管樂器。就這層意義上看來，蘇才的演唱風格，或許讓我對浦朗克的歌曲產生了某種先入為主的偏頗印象也說不定。

貝納克在浦朗克的伴奏下演唱的版本，如今已被「神格化」成一個經典。相較之下，貝納克的演唱方式要比蘇才的來得有說服力得多。不過，這並不是指他的版本態度比較強硬、說教，而是指貝納克給人一種誠摯地將詩中的語彙逐一、謹慎地唱出來的印象。彷彿為他的演唱所感染，浦朗克的伴奏也顯得彷彿與聽眾攀談般的豁達、自在，伴隨著歌聲展開了一場纖細的合奏。歌聲、琴聲，兩者都是那麼的精采絕倫。不過在習慣（也就是聽慣）了蘇才的歌聲的我耳裡聽來，這場合奏著實讓我嚇了一大跳：「哇，還真是不一樣啊。」當然，畢竟兩者的錄音時期相隔三十幾年（蘇才的錄音時期主要是一九七〇年代中期，貝納克的則是四〇中期），兩種演奏風格聽來當然是截然不同，但貝納克與蘇才的演唱風格之間，有的似乎是某種超越時代差距的、本質上的、音樂觀上的差異。

在我聽來，蘇才的意圖似乎是積極、多彩地表現出詩詞與作曲者之間的關連與互動，貝納克的角度則是跳過詩詞本身，著眼於作曲者受該詩詞所啟發的過程，試圖以結構性的方式演唱。因此聽蘇才以瀟灑、溫暖的歌聲演唱浦朗克的歌曲，讓人覺得即使不懂歌詞也無所謂，而聽到貝納克以飽滿且表情豐富的歌聲演唱浦朗克時，則讓人覺得不懂歌詞可不行。兩者之間並沒有孰對孰錯、孰優孰劣，而是角度原本就不一樣。不消說，到底該選擇哪個版本，也是聽眾的自由。不過老實說，我是兩者都想聽（因為從中也可以觀察到浦朗克特有的雙面矛盾性格）。

我認為在浦朗克的歌曲中，意義最大的並不是直接的情感表現，而是某種情感與其宣洩對象之間產生的衝突與諷刺。至少我個人感覺，從中得以窺見浦朗克那不按牌理出牌的頑固都會性格。我們可以從浦朗克的詼諧揶揄中那獨特的調和與對調和的抗拒（超調和）中，甚至該說是「調和與對調和的抗拒（超調和）的抗拒」中聽出這種衝突與諷刺。我認為就是藉由這種有點古怪（wierd）的環環相扣，浦朗克的歌曲因此獲得了如今聽來依然新鮮的現代感。而作曲者與詩詞之間強烈的親和性（affinity），也穩穩地支撐著這種特別的感覺。因此演唱浦朗克的歌曲的樂手，非得正確地掌握這種親和性不可。換句話說，只要能掌握這種親和性，一個歌手應該就能在這個範圍內自由自在地追求演唱風格。對浦朗克原始精神的解釋，應該就會依不同的歌手所採用的方法論而出現極大的差異。就這點來看，我還是認為蘇才的演唱是最優秀的版本（之一），而且聽了多年依然讓我愛不忍釋。

浦朗克常說「我喜歡人類的嗓音」。在每一首歌曲中，都不難清楚聽出這種對人類嗓音（La voix humaine）的偏愛。（這麼說應該不會太過火吧？）浦朗克絕對不會過度剝削歌手的嗓音，既不會讓他們唱得太勞累，也不要求超絕的技巧，而是極力排除不自然的聲音。他要求歌手唱的，不過是在日常生活中所使用的聲音的延伸。一如莫札特在〈嬉遊曲〉與〈小夜曲〉中使用管樂器時一樣，浦朗克在使用人的歌聲時，也是懷著溫柔的關愛。

「若不知道我是個同性戀者，便沒有資格評論我的音樂。」浦朗克曾說過類似這樣的一句話。打從他一踏進樂壇起，他就是個積極出櫃的同性戀者。他並不以此為傲，也不引以為恥，只是默默地背負著這個現實。他也曾說過：「在音樂的層次上解決詩的問題時，我從來沒有仰賴過知性的手段。心裡真正的聲音，也就是本能，要比知性來得更有用。將詩轉化為歌是一種愛的行為，而不是權宜上的政治聯姻。」

在說出「愛的行為」和「權宜上的政治婚姻」這類字眼時，浦朗克的腦海中浮現的，恐怕還包括了同性戀者的性愛吧。為了對自己的音樂誠實，他也非對自己的性向誠實不可；想必這或許就是他出櫃的真正意圖吧。畢竟當時的社會對同性戀者遠比今日更為嚴苛，堂堂正正地出櫃可是需要相當大的勇氣的。

我個人認為，世人應該給浦朗克這些優美、細緻、且饒富知性的歌曲一個更高的評價，同時也該讓更多人欣賞到貝納克與蘇才優美的演唱。畢竟浦朗克遺留後世的歌曲作品，可是二十世紀碩果僅存的誠實、珍貴的資產。不過，我同時又對這些作品的普及化有點保留，或許維持現在這程度的普及度，其實是最理想的也說不定。因為對我個人而言，浦朗克的歌曲是一種「既親密又個人」的音樂。或許這個論調聽來很自私，但在我的內心深處，還是誠摯地希望它們不要紅到無人不知、無人不曉的地步（雖然應該是不可能的）。沒錯，法蘭西斯・浦朗克在許多層面上，永遠是個雙面性格的音樂家。不管從左邊還是從右邊看，都能看到他不同的面相。

最後容我再補充一點：我實在無法習慣以CD聽浦朗克的鋼琴曲或聲樂曲。由於每一首的演奏時間都不長，因此小小一張CD裡就塞滿了一大堆曲子。這導致我們——若是真的很在意的話——得花一個多小時一首接一首地聽浦朗克的鋼琴音樂。我總覺得這種聽法嚴重破壞了浦朗克的作品那魔法般的美感。

以昔日的LP一口氣把想聽的部分聽完，再抬起唱針、花個半晌回味音樂所留下的餘韻……我認為這或許才是欣賞浦朗克的音樂最正確的方式。當然，用CD聽也沒什麼不可以，但我認為以這種純手工的方式欣賞，才能真正符合他的音樂所展現的情緒。若要更講究，以SP①欣賞在氣氛上或許還要來得更貼切。不過這要求的門檻或許太高了點，還是聽聽LP過個癮就好。在一個恬靜優閒的周日早上，打開碩大的真空管擴大機——如果您正好有一台的話——利用熱機時間煮個開水沖杯咖啡，接著再將浦朗克的鋼琴曲或樂曲的LP放上唱盤。這真是人生的一大享受。的確，這或許只是一種局部性的、狹隘的幸福，很可能只有一小撮樂迷才能體會。但我覺得不管這幸福規模是多少，對這個世界而言絕對是不可或缺的。

①譯註：SP，standard play的簡稱，為比LP更早期的黑膠唱片。

POULENC

之所以是國民詩人的
伍迪·葛斯利

伍迪·葛斯利

（Woody Guthrie，1912-67）

生於奧克拉荷馬州奧克瑪（Okemah）。自1930年代起浪跡天涯，創作了許多日後成為經典的民謠歌曲。1940年在RCA旗下推出專輯《沙塵暴民謠》（Dust Bowl Ballads）。對鮑布·迪倫、湯姆·帕克斯頓（Tom Paxton）、與瓊·拜亞等後世歌手有極深遠的影響，被譽為「民謠之父」。

這次我之所以想寫寫伍迪・葛斯利，其實是基於幾個理由。第一個理由是一本叫《漫步者：伍迪・葛斯利》（*Ramblin' Man: The Life and Times of Woody Guthrie*，W・W・諾頓出版）的新版葛斯利傳記最近在美國付梓。這本由艾德・克雷（Ed Cray）所著的傳記是一部近五〇〇頁的大作，讀起來十分過癮。史達・特寇（Studs Terkel）還為本書作了一篇感人肺腑的序。

老實說，直到讀了這本書後，我才了解伍迪・葛斯利的真正樣貌。雖然由哈爾・亞西比（Hal Ashby）執導，大衛・卡拉定（David Carradine）主演的葛斯利傳記電影《光榮之路》（Bound for Glory）也是一部出色、有趣的電影，但這部電影乃是以一本葛斯利宣稱是「自傳小說」的同名書籍改編而成的，因此片中有不少純屬杜撰的人物與情節。當然，想要求好萊塢拍的音樂傳記電影百分之百忠於史實是不可能的，但這部電影的確為葛斯利塑造了一個鮮明的形象，而我也覺得自己似乎也是看了這部電影後，以片中得來的知識為基礎欣賞他的音樂的。不過他的實際樣貌，以及他所走過的人生，和電影裡敘述的都有極大的不同。真實世界裡的他其實要來得更複雜、更灰暗，也因此更有深度。這些電影裡未曾描述的真面目，都被這本書在經過最新資料的考證後赤裸裸地寫了出來，光是這點就頗值得一讀了；甚至還巴不得能被翻譯成日文，好讓更多人讀到它。可惜伍迪・葛斯利在日本並不怎麼有人氣，所以可能性應該不高吧。

另外一個原因，就是英國民謠歌手比利・布瑞（Billy Bragg）應伍迪・葛斯利的女兒諾拉・葛斯利（Nora Guthrie）之邀，為他生前寫下的為數龐大的歌詞譜了新曲，並在最近發行了CD，引起了不小的話題。這分為輯一和輯二的兩張專輯名為《美人魚大道》（Mermaid Avenue，Elektra唱片發行），是由比利・布瑞與美國實力派搖滾樂團威爾可合唱團共同製作的。這兩張CD內容充實，而且聽來至為質樸悅耳。雖然英國似乎有不少受葛斯利所影響的「正統派」民謠歌手（說得正確些，強烈影響英國的其實是完全模仿葛斯利的傑克・艾略特（Jack Elliott）），但比利・布瑞似乎也是個狂熱的葛斯利迷，不僅演唱得十分投入，甚至一扯開嗓門就幾乎成了葛斯利上身。而且威爾可合唱團的策劃和伴奏，還為這兩張專輯增添了不少力量和現代感。比利・布瑞在其中力求忠於葛斯利的正統風格，但威爾可合唱團則試圖對葛斯利的作品做較現代化的詮釋，形成了兩種不同面相的對比，整個企劃著實教人佩服。

雖然從幕後花絮的影片中得知，布瑞和威爾可合唱團在製作這兩張專輯的過程中，因某些原因——詳細情況不明——在音樂和感情上都發生了徹底的決裂，但至少就這兩張CD所收錄的音樂聽來，我認為雙方的合作還是有了不錯的結果。

第三個原因是，雖然已是將近十年前的事了，但布魯斯・史賓斯汀曾為了向伍迪・葛斯利致敬，而推出一張名為《湯姆・喬德的鬼魂》（The Ghost of Tom Joad）的專輯，在當年引起了相當程度的討論。布魯斯・史賓斯汀選擇在這個階段仿效伍迪・葛斯利的風格，和他的政治立場有越來越濃的自由派民粹主義（liberal populism）色彩當然有直接關係。鮑布・迪倫雖然也是在一九五〇年代末期深受葛斯利風格影響的歌手之一，但隨著他的作品政治色彩越來越稀薄，說得具體些就是越來越電子（electric）化，風格已經轉向更大眾化的搖滾路線。雖然如今看來，大家都能理解這對迪倫的音樂而言是個無法避免的發展，但在當時許多人曾為此抨擊他「變節」。事實上，抗議歌曲的發展多少也因迪倫的退出——也就是失去了這個強而有力的象徵性人物——而斷了命脈。

但屬於「後迪倫世代」的布魯斯・史賓斯汀再次將伍迪・葛斯利當成楷模，創作出了一種新的政治性歌曲，可就讓大家大惑不解了。他的歌迷大多數對伍迪・葛斯利應該都不熟悉，對這次嘗試的感想也是「這是什麼音樂嘛，聽不懂呢。而且還那麼不搖滾」，讓這張唱片就這麼被打入冷宮、消失無蹤。史賓斯汀原本設定的市場對象，也就是年輕的藍領階層，如今大多都成了保守政權的基礎支持者，因此這個轉變在策略上的確是過於牽強。不過史賓斯汀原本就抱定了「賣不好也無所謂」的覺悟（應該是如此吧），把這次的創作結果當成一種宣言，因此即使銷售成績不理想，對他本人來說也無所謂。對他來說，這張專輯的意義在於確立將伍迪・葛斯利定為自己的創作目標之一（不是全部）的路線，——如此便足矣。換句話說，葛斯利至今仍是美國音樂的一大要素、一大選擇，若妥善引用，依然具有相當程度的效果。雖然沒被收錄在這張專輯裡，但只要聽聽一度讓警察當局爭論不休的爭議性抗議歌曲〈美國皮囊〉（American Skin〈41 Shots〉），應該就不難理解史賓斯汀如此推崇葛斯利的理由了。

總而言之，近年的確有過幾次類似上述情況的動作，連帶地啟發了一些重新詮釋伍迪・葛斯利遺留後世的音樂的嘗試。長年為保守派人士斥為「共匪垃圾」、為自由派人世無條件地譽為「現代聖人」、「美國良心」的葛斯利，隨著新近發掘的廣泛資料，正被以新觀點重新評價。他遺留的許多好音樂，以及他蘊藏的許多問題與矛盾，在洗刷傳說的塵垢後，現在都以正面／負面對照表的形式被整理過後公諸於世。這讓我們得以以現今的價值觀重新檢視、欣賞他的音樂。

對葛斯利這麼饒富歷史意義的人物來說，這當然是個必需的工作，尤其在布希政權強力推廣「新保守主義」（Neocon）的政策，導致貧富差距日益擴大，讓大家質疑美國社會形態——雖然這問題並不僅限於美國——的根基是否已經動搖的現在，重新定位伍迪・葛斯利這位音樂家的意義就變得至為重要。音樂家葛斯利畢生懷著滿腔熱血追求的「美國正義」，在現在、乃至將來將有什麼樣的發展和可能性，應該已是個值得現代人深思的課題。

伍迪・葛斯利這位音樂家究竟是個漫無目標的唐吉訶德，還是個勇敢挑戰邪惡巨龍的高貴騎士？

我在一九六〇年代度過十幾歲的青春時期，在那個年代——尤其是前半——似乎曾有股盛大的民謠熱。當時金士頓三重唱（Kingston Trio）、四兄弟合唱團（Brother Four），與彼得、保羅與瑪麗（Peter, Paul & Mary）等歌曲膾炙人口的現代民謠（modern folk）團體聲勢如日中天，而另一條路線的早期鮑布．迪倫與瓊．拜亞等內容更較嚴肅的抗議歌曲也頗為流行。這些音樂十分貼近當時生活在甘乃迪政權成立、民權運動高漲，到反越戰活動等一連串潮流下的年輕人的政治傾向。雖然現在回想起來或許教人難以置信，但當時對全球的年輕人來說，政治運動可是一種時髦。不過這股理想主義式的運動，後來隨甘乃迪遭暗殺、以及越戰情勢急速加溫等影響，在短期內急遽尖銳化，讓民謠這種天真的媒介再也無法包容，因而迅速地衍生出迷幻文化（psychedelic）、毒品文化、硬式搖滾、激進主義、毛澤東思想、神祕宗教、新世紀（New Age）、公社運動等屬性獨特、多樣繽紛的文化。前述的鮑布．迪倫的電子化，就是這種轉換的象徵。到了六〇年代末的啄木鳥音樂祭舉辦時，「正統民謠」昔日的耀眼光輝已經消褪大半——多半可能是為大麻的紫色迷霧①所吞噬。

不過，六〇年代前半席捲全球的現代民謠熱畢竟夠新鮮、夠積極、而且絕對夠吸引人。置身這種悅耳的不插電音樂中，側耳傾聽那積極、善良的訊息，教人一股溫暖不禁油然而生，對自己奮鬥的目標感覺益發堅定。雖說這股溫暖或許只是低溫，但在那個時代已經夠感人肺腑了。在我的記憶裡，這股熱潮與約翰．甘乃迪政權為世界帶來的一種解放感有著密不可分的關係。而且在那個時代裡，在廣播電台的點播節目裡聽到伍迪．葛斯利、彼特．席格（Pete Seeger）、織夢者合唱團（The Weavers），或湯姆．帕克斯頓的歌曲根本是司空見慣。

當時他們的音樂被定義為不可不聽的「現代民謠始祖」，啟蒙大眾是廣播節目播放它們的主要目的；「嗯——還真是個嚴肅的時代呀」或許你會如此深感佩服吧。總而言之，年輕時期的我就在這種氣氛下，不時接觸到伍迪．葛斯利的音樂。在他所作曲的《這塊土地是你的土地》（Thsi Land is Your Land）被公認為民謠復興運動的象徵歌曲後，葛斯利便被披上了傳說的外衣。雖然當時他已經引退，正在醫院裡過著毫無希望痊癒的漫長療養生活。

姑且先撇開這種歷史的引用，在葛斯利所留下的錄音——為數並不多——之中，至今聽來仍覺得十分出色的，就是從一九四〇年四月到五月之間，為RCA唱片在紐約錄製的十二首《沙塵暴民謠》（Dust Bowl Ballads）系列歌曲。另一位葛斯利傳記的作家喬．克萊恩（Joe Klein）將這些錄音定義為「二十世紀美國最具影響力的錄音成果之一」，由於這些音樂越聽越讓人回味無窮，我認為這評價絕無半點誇張。

這套錄音裡所收錄的一連串歌曲，主要是以一九三五年四月十四日侵襲奧克拉荷馬州的一場名為「黑色復活節」（Black Easter）的沙塵暴為題材（雖然詞是原創的，但有些曲是假「傳承」之名從既有歌曲中轉借而來的）。這場天災在電影《光榮之路》的情節中也佔有相當程度的分量，葛斯利當時正好住在奧克拉荷馬州的潘帕鎮（Pampa），因此也曾親身經歷了這場世界末日般的沙塵暴。或許聽到「沙塵暴」，咱們日本人很難想像那是個什麼樣的東西，或許稱呼它做「暴風土」，各位讀者會比較容易想像也說不定。由於氣候過於乾燥，微小的褐色土沙會被風刮上數千公尺的高空，由於沙塵遮雲蔽日，大白天也能讓暴風圈內漆黑得伸手不見五指，並因為太陽的熱度遭遮蔽，導致暴風圈內的氣溫急遽下降。從歌詞中甚至唱出「連湊向自己眼前的雙手都幾乎看不見」看來，這種天災的規模想必是超乎想像。即使緊閉門窗，細細的沙塵還是會被吹進屋內，在地板上逐漸聚積。

那年對奧克拉荷馬的農民來說是個大凶年。在接連好幾年的嚴重旱災後，又經歷了這場猛烈的沙塵暴，接著彷彿要將他們徹底擊垮似的，還來了成群結隊的蝗蟲，導致以小麥為中心的農作物收穫量創下了記錄性的新低。更不巧的是，多年來席捲全美國的經濟大恐慌依舊沒有消退的跡象，更等於是掐緊了人民的咽喉，讓人完全找不到救贖。因此奧克拉荷馬的農民們被迫將祖父們所開拓的土地賤價出售，或由於無法償還貸款而拱手讓給銀行，將僅存的家當堆上破爛不堪的卡車，舉家遷往「應許之地」——加州。約翰·史坦貝克在《憤怒的葡萄》（*The Grapes of Wrath*，或譯《怒火之花》）中做了鮮明描述的湯姆·喬德一家人，就屬於這些飽經接踵而來的不幸之後，被迫離鄉背井的貧苦難民的典型。據說這些「沙塵暴難民」當年為數近百萬。窮困的黑人大都遷往北部成為工廠工人，但大多數白人選擇遷往加州尋求務農的機會，因為據說只要到了加州，大家就能過起豐饒富裕的生活。但事實上他們所遭遇的，是嚴酷的飢饉、貧困、與歧視。他們被蔑稱為「奧佬」（Okies），並被斥為一種流浪漢而飽受歧視。

當時不似現在，並不是全國都知道像「黑色復活節」這類浩劫的詳情。當年當然沒有電視，也沒有網路，就連收音機都算一種奢侈品。因此身為「沙塵暴難民」之一的葛斯利，不得不將自己親眼所見以自己的語彙、配上自己的旋律、當成自己的故事、完全不假他人之手——頂多只有地方性廣播的音樂節目幫忙播放——親口唱給人們聽。也或者他不得不透過這些音樂，和與自己同樣遭遇的人一同抒發那無處宣洩的怒火。音樂隊他而言等於是一個個人媒體、一個與他人分享感情的容器、同時也是個能將訊息烙印在聽眾腦海裡的威猛武器。他這種「無法壓抑的思緒」般的訊息，就這麼塞滿了整整十二首曲子，以一股刻骨銘心的聖潔率直地打動了我們的心。這些曲子是如此去蕪存菁，簡單的歌詞、簡單的旋律，以及誠實至極的視線與心境——除此之外是一無所有。

On the fourteenth day of April,
Of nineteenth thirt-five,
There struck the worst of dust storms
That ever filled the sky.
You could see the dust storm coming,
It looked so awful black,
And through our little city,

It left a deradful track.

一九三五年四月十三日
刮起了一場前所未見的
巨大沙塵暴。
天空變得一片漆黑
大老遠就看得見沙塵暴朝我們襲來。
它在我們的小鎮
留下了恐怖的痕跡。

〈巨大沙塵暴〉〈The Great Dust Storm〉

任誰都看得出這不過是簡單至極的英文。因此在美國購買伍迪・葛斯利的唱片或ＣＤ時，裡頭絕對找不到歌詞，因為大家都認為「這種歌詞誰會聽不懂」？為了清清楚楚地將歌詞中的訊息傳達給聽眾，葛斯利盡量使用最簡單的語彙，並以最容易聽懂的清晰發音將歌給唱出來。畢竟正確傳達情報是他唱歌的最大目的，因此若讓人納悶「咦？他剛剛唱了什麼？」可就麻煩了。這點和ＲＥＭ的音樂可謂是大異其趣。ＲＥＭ最近終於批准歌詞的印刷，但即使看了歌詞，也完全參不透其中含意。這代表兩者的音樂目的是截然不同的。葛斯利之所以被譽為同樣以簡單的字彙創作的國民詩人惠特曼（Walt Whitman）的接班人，就是基於這個理由。

專輯中最有趣的，就屬〈湯姆．喬德〉這首歌。這原本是個以SP整整兩面的時間將史坦貝克的名著《憤怒的葡萄》摘要成歌曲的粗糙企畫。眾所周知，《憤怒的葡萄》在當時是一本備受注目的小說，約翰．福特（John Ford）將之「摘要」而成的電影也同樣備受好評。RCA唱片之所以委託伍迪．葛斯利創作這首「歌曲版」，不過是為了搶搭這股熱潮罷了。他真的辦得到嗎？或許很多人會如此納悶，但聽了你就會知道這是手多麼出色的作品。伍迪十分簡潔扼要地將整個故事濃縮在六分鐘的長度裡，不僅唱出了、更完整說出了《憤怒的葡萄》的故事；我認為這代表他實在是個了不起的天才。每當我聽到這首歌，就巴不得能再把《憤怒的葡萄》讀個一遍。真希望也能有人以同樣的模式將普魯斯特的《追憶似水年華》做個摘要版，不過這大概就沒人辦得到了吧。

當時伍迪前去造訪彼特．席格（Pete Seeger，〈所有花朵消逝之處〉（Where Have All the Flowers Gone）與〈假如我有把槌子〉（If I Had a Hammer）的作曲者）這位年輕朋友，拜託他「我得為唱片公司寫首《憤怒的葡萄》的摘要歌曲，得向你借台打字機。」雖然席格自己沒有打字機，但碰巧他的室友有，葛斯利就借來用了。席格問他：「哇，你讀過那本小說了？」伍迪卻一副悠哉地回答：「沒有……不過電影試看過了，沒問題的。」接著他就拿了一大瓶葡萄酒一屁股坐到地板上，啪噠啪噠地敲起按鍵，當晚就把歌給寫完了；曲則是幾乎完全套用了伍迪鍾愛的大盜歌曲〈約翰·哈迪〉(John Hardy)的旋律。他每寫下一段四行韻文(verve),便先嘗試以吉他自彈自唱,邊唱邊修飾措詞遣字,將這部分完後,再開始寫下一段四行韻文……。席格回憶他作曲時就這麼反覆重複著這幾個步驟。

心想「原來如此」的席格,興味津津地看著伍迪作曲,不知不覺就睡著了。當他在早上醒來時,曲子就已經完成了。最後總共完成了十七段四行韻文,一旁的葡萄酒也整瓶被喝得精光。感覺上這種作曲模式,對伍迪來說似乎是家常便飯。而每次演唱時,他也都會應現場的氣氛,即興地修改歌詞。

「這首〈湯姆·喬德〉有一半該歸功於努納利·強生(Nunnally Johnson,《憤怒的葡萄》的編劇)的功勞,另一半則是伍迪的功勞。沒想到他竟然能在短短六分鐘裡,把電影花了一個半小時才能交代的故事給說完。」席格曾如此陳述他的感想。

伍迪·葛斯利在兩天內,就為RCA唱片錄完了計畫中的十二首歌曲。除了有一首錄了兩次之外,其他歌曲全都是一次就搞定;如今看來,這功力實在教人難以置信。這次錄音讓他拿到了三〇〇美元的酬勞,額度是他到那時為止最高的一次(他把全額寄給了遭他遺棄在故鄉的妻小)。直到伍迪·葛斯利已經形同廢人的一九六〇年代後半,他的行情才開始看漲,其他歌手紛紛積極爭取演唱他的歌曲,讓他得以收到版稅。在那之前,他從沒收到過像樣的酬勞。

不過當時一反葛斯利的期待,RCA唱片的這次錄音的銷售並不如預期。由於這種音樂形式前所未有，唱片公司也不知道該以什麼方式、在什麼樣的地方賣。在無法找到正確市場的情況下，反應自然就冷淡了。壓不到一千張的唱片，就這麼糊裡糊塗地上市，在沒造成任何話題，乃至批評的情況下淹沒在市場裡。即使在第一版全賣完後也沒被再版發行。雖然現在聽來，這張專輯是那麼的強勁有力、音樂本身也是那麼的讓人刻骨銘心，但在當時的一般人耳裡聽來，或許會覺得這些音樂十分古怪也說不定。葛斯利認為沒再版是基於政治考量，曾為此大肆抨擊RCA唱片。從此之後，一方面也是由於他本人偏激的言行，直到過世他都沒和大唱片公司建立良好關係，這也是他所留下的正規錄音如此稀少的原因之一。

不過《沙塵暴民謠》這張專輯雖然受到大眾市場冷落，同時卻也有一部分樂迷為之狂熱，並滿懷敬意地聽了一遍又一遍，而專輯中的歌曲也對許多真摯的青年產生了深遠的影響。在五〇年代輩出的民謠歌手們，有許多曾提及這張專輯在他們的年輕歲月裡是何等重要。

〈沙塵暴肺炎藍調〉（Dust Pneumonia Blues）則是專輯中另一首教我由衷佩服的曲子。在沙塵暴時肺部吸入大量沙塵的人們，日後均難逃「沙塵暴肺炎」的折磨，許多人甚至為此殞命。裡所當然，當時沒任何人針對這種二度災害提出任何救援措施，求助無門的患者們只能默默受苦。葛斯利以淡泊中帶哀切的感情，唱出了這侵襲貧民的不治之症所帶來的痛苦。以下就是部分歌詞（其實原本的歌詞要比這長得多）：

I've got a dust pneumonia,
Pneumonia in my lung.
Doctor told me
Boy, you won't be long.

Dust is in my nose
And dust is everywhere
My days are numbered
But I don't seem to care.

You got my father
and got my baby too.
You come from dust
And you back to dust you go.

我患了沙塵暴肺炎。
侵蝕我肺部的肺炎。

醫生告訴我
喂，你活不久了。
沙塵跑進了我的鼻子
沙塵遍布我體內四處。
我剩沒多少日子了
不過也沒什麼好計較的。
我爸爸死了。
小孩也死了。
每個人都生自塵土
也死歸塵土。

當然，歌詞中引用的是出自《聖經》的「塵歸塵，土歸土」這句話，但聽了這首葛斯利所演唱的歌曲，明明是一場七十年前發生在遠方的災難，這場惡疾的慘重災情卻依然聽得我們刻骨銘心，實在是不可思議。如今我們已經能從電視畫面上目睹許多活生生、血淋淋的浩劫畫面。不過這種光景一而再、再而三地反覆看個好幾遍，便會失去最初的衝擊性，幾個月過後便無人為之側目，就這麼為大家所遺忘。不過葛斯利所唱出的劫後悲愴風景，讓他這飽經焠鍊的精密報告總是在我們耳邊縈繞良久。想必這和伍迪・葛斯利這位優秀的音樂家、同時也是個目擊證人的「大器」必定是息息相關。雖然世上有不少人被譽為伍迪・葛斯利的繼承人，但這種「大器」可不是隨隨便便就學得來的。

伍迪・葛斯利畢生為社會上的弱者奔走奉獻，但對自己家裡的弱者，也就是他的妻小，似乎就沒那麼熱心了。因為不管多努力，他就是無法與家庭這種單位（或概念）維持恆久的關係。畢竟他天性無法為固定收入安於任何工作（工時固定的工作總是很快就教他厭煩了），因此也無力好好扶養家庭。和家人同居時他是個鍾愛妻小的好丈夫、好爸爸，但就是無法定下心來長居一地。因此常常哪天留下一封信，從此出外漂泊好幾個月、甚至好幾年。除非真的行了什麼大運，漂泊期間也鮮少寄錢回家。毫無金錢概念的他，若有相當程度的收入當然願意寄錢給家人，但平時他自己都是身無分文，因此即使再有心也無從。為此，在家守候的妻小當然是窮困潦倒，隨時都得仰賴親戚接濟，但伍迪總是一副「反正他們懂得照顧自己」的心態，從沒把家人的辛苦當一回事。接著可能就在哪兒和其他女人搞上，又生下其他孩子。以現在的眼光——或許在當時也是如此——看來，他根本就是個社會邊緣人。

不可思議的是，雖然他沒出多少鋒頭、渾身髒兮兮、同時還身無分文，但卻十分有女人緣，看來他似乎具有某種獨特的魅力。當他於一九四〇年前後在紐約的CBS廣播節目中演出時，曾有工作人員表示他「大概泡到了CBS一半的祕書吧」，看來他對女人應該是頗有一手。一口奧克拉荷馬腔、一頭老是亂糟糟的頭髮、一臉親切的笑容、說起話來幽默風趣、充滿機智、而且只要一開口就能信手捻來地唱出一首歌，這麼個迷人的男人，女人會情不自禁地被吸引也是理所當然吧。

「伍迪是個十分性感的男人。他能以十分性感的方式，演唱十分性感的歌，簡直就像在透過歌曲和女孩們做愛。為此女孩們哪可能不被他給迷得團團轉？」某位曾與他有過往來的朋友如此回憶道。就這點可以看出，他的人格中的確擁有帶有不容小覷的領袖魅力。

伍迪．葛斯利的人格頗為複雜，他一方面嚴肅認真、帶理想主義色彩，同時卻也是戲劇性十足，而且還不負責任到了極點。與其形容他的個性是自我矛盾，還不如說是人格分裂要來得貼切。他為了勞工階層的權利奮鬥，自己卻幾乎未曾從事過任何像樣的勞動；除了偶爾打些短期的零工賺點零用錢，其餘的時間全都靠半玩票性質地演奏音樂維生；雖然身為飽受資本家剝削的農業勞工的精神支柱，事實上卻完全不擅耕作。腦筋轉得很快的他，熱中閱讀、愛寫文章，但寫作時卻喜歡刻意拼錯一些字、省略語尾，或像個老粗似的用上一大堆俚語；例如他會把「我知道」寫成「knew and knowed」。即使住的地方有熱水，他還是以「擔心自己軟化」為由，刻意天天以冷水刮鬍子。他還盡可能不洗衣服、不洗澡。雖然隨身帶著吉他，一輩子卻都沒使用過吉他箱。這就是他的生活之道。有些人甚至認為他堅持以這種引人側目的方式過活，是一種做作的炫耀。

雖然他常常以流浪漢②的生活方式度日，但其實他並不似其他人般是出於無奈。他跳進貨車廂裡坐霸王車，冒著被鐵路警察逮捕的危險浪跡全國各地，主要其實是因為他就是愛過這種生活。他不僅從骨子裡就生性放浪，說穿了他之所以偶爾選擇性地當個一陣子流浪漢，也是為了在世人面前扮演好「伍迪．葛斯利」這個角色。就某種意義來說，這其實也是他證明自我的手段，同時更是個逃避現實的最佳手段。只要周遭的情況變得錯綜複雜時，他就會拿起吉他，也不管自己是身無分文便跳上一截貨車廂，到未知的土地去追求冒險、尋覓浪漫，將現實生活中的責任與義務悉數拋諸腦後；這些事就交給留在故鄉的誰去煩惱吧。

雖然他是如此一個熱愛自由——有時是自私——的人，但他自始至終對共產主義硬邦邦的綱領卻是從頭到尾的忠誠。他積極地將共產主義當成自己良心的支柱，百般虔誠地信奉膜拜，活像一個爹不疼娘不愛，卻固守道義供養終生的孩子。美國共產黨將葛斯利認定為「問題人物」，到最後都沒頒發正規的黨證給他，但這絲毫沒削減葛斯利為黨的政治宣傳所投注的心血。不過再怎麼看他都不像個共產主義者，反而比較像個民粹主義者（也就是草根民主的倡導者）。只要看到革命後的俄羅斯所經歷過的事，不難想像共產黨若真的拿到了政權，伍迪．葛斯利一定率先被除名，並且很可能被當個危險的異端送進監獄裡。總之葛斯利的個性，就是這麼進退維谷的矛盾。

他總是以「沙塵暴難民」的一員，以及不計奉獻的代言人自居，為幫助難民同志們而歌唱，但事實上他自己並不是個難民。葛斯利並不是真正的過著有一頓沒一頓的日子，而且他拋棄家庭前往加州的目的與沙塵暴毫無關係，純粹是為了看看新天地、享受當個「自由人」的滋味罷了，動機和在失去一切、別無選擇、走投無路下離鄉背井的人們其實不甚相同。葛斯利原本出身中產階級家庭，早年家境尚算寬裕。雖然受過高等教育的父親在形形色色的從政與創業嘗試中一再失敗，導致全家人淪落到靠親戚接濟度日的境地，但他父親到最後都打著領帶，也從沒從事過任何肉體勞動。由此可見，葛斯利原本有的是屬於中產階級的價值觀。他宣稱自己是個奧克拉荷馬出身的窮白人（奧佬），終生固執地扮演這個角色，其實是出於自願。

喬・克萊恩（Joe Klein）在著書《伍迪・葛斯利：一生》（*Woody Guthrie: A Life*）中，曾如此描述年輕時期的葛斯利首度體驗流浪漢（hobo族）生活的模樣：手持吉他的葛斯利跳上貨車廂，裡頭的其他乘客往往要求他接受點歌，為大家獻唱。

> 「大家總是點些老歌，在貨車廂裡沒有任何人想聽時髦的狐步舞曲（fox-trot），而伍迪驚訝地發現這些老歌能發揮多麼強大的效果。每當他一開唱，有時會讓壯漢紅了眼眶，大家齊聲合唱時，嗓音裡也充滿了顫抖。這些母親從小教唱的感傷抒情老歌，在此已成為他們與同鄉親人的唯一聯繫。對這些如今已淪為流浪漢的人們來說，唯有這些歌還能讓他們在思念遠方的故鄉時聊感慰藉。為這些人獻唱，和在鎮上的慶祝活動或酒店

裡的即興表演是截然不同的體驗；這已不再是單純的娛樂。藉由為這些人獻唱，他又將大家帶回了昔日的時光。每個人都已幾近必恭必敬的態度側耳傾聽，咀嚼著歌詞中的每一個字。同樣的，伍迪也側耳傾聽大家的故事，以全心感受他們的苦痛和怒火。此時他完全沉浸在一種奇妙的感覺裡，幻想自己已經成為這群人的一分子。（中略）在那之前，伍迪從沒認為自己屬於某個族群，這下卻開始有這種感覺了。他開始認為自己也是個奧佬，而這些人就是他的同志。」

原本如浮萍般隨處漂泊的葛斯利，就這麼透過音樂，在浪跡天涯的旅途中找到了一個安身立命之處。說得好聽點，他是「找到了新的族群認同」，說得難聽點，則是「開始裝模作樣模仿他人」。或許就是藉由這種「模仿」，伍迪・葛斯利的存在感才得以保持均衡。而且這種「模仿」想必讓他感到既自然又舒適。或許他原本就希望能藉由換個新身分，好從他的自我這個嚴酷的柵欄中逃離。或許他想盡量逃遠一點，但最終還是難逃被時光這隻兇猛的獵犬追趕到牆角的命運。

他這種有點分裂的氣質與性向，或許多少是受到遺傳自他母親的「亨汀頓氏舞蹈症」所影響。「亨汀頓氏舞蹈症」是一種遺傳性疾病，發病時期多在三十至五十多歲之間，是一種徐徐地、但同時也確實地破壞腦部的疾病。患者由於食慾不振，導致體重下降，並緩緩邁向死亡。另一特徵是由於肌肉神經失控，手腳會彷彿跳舞般不由自主的激烈痙攣，故此得名。托葛斯利之福，今天許多人已經知道這種疾病的存在，但在他的時代，就連醫生大都沒聽過這種疾病。因此葛斯利的母親只被診斷為罹患精神病，因此在療養院裡度過了一段漫長的歲月直到過世。直到很久以後，才開始有人推測她罹患的其實是亨汀頓氏舞蹈症。

葛斯利的母親在他剛過十歲生日後不久發病。從此她有時陷入一種失神忘我的狀態、有時則像厲鬼般激怒不已，日常生活中不斷在這兩種精神狀況中徘徊。激怒時的她，會對孩子們施以超乎想像的嚴酷折磨。放學回家時，孩子們還無法預見媽媽今天陷入的是哪一種精神狀態。有時她的痙攣甚至激烈到教人不忍卒睹的地步。「睡前我們都會祈禱，明早一醒來，媽媽能表現得像其他孩子的們媽一樣（正常）。但每天醒來，卻只發現情況依舊。」他日後曾如此回憶。從這句偶爾吐露的心聲，不難聽出他到最後都在美化自己的母親，只願意選擇性地聊些美好的回憶。但在他母親引發太多騷動後，還是被送進了療養院，讓他父親因此蒙受幾乎喪失求生意志的打擊。一家人從此離散，伍迪因此搬到了遠方親戚家接受照料。葛斯利強烈地追求家庭生活、同時卻也屢次試圖逃離家庭；強烈地追求母愛、同時對母親卻又懷有一股強烈的畏懼，或許就是這段經歷使然吧。

到頭來，或許他學會了把遼闊的美國大地當成自己的母親，並將政治理想主義當成自己的父親。雖然他從東到西、從南到北地不斷在美國大陸上漂泊，強烈地追求這種價值觀，但在一九五〇年代初期，他還是難逃母親亡魂的陰影，同樣被診斷出罹患了亨汀頓氏舞蹈症。雖然他宣稱自己不過是酒精中毒，但病魔還是逐步吞噬了他。過沒多久他便被迫進入紐約一家醫院接受住院治療，在親人的照料下與病魔展開了一場漫長痛苦的搏鬥。雖然當初也將吉他和打字機帶進了病房裡，但他已經不再有力氣碰它們了；此時音樂已經永遠離開了他的靈魂。他的腦袋宛如減速停車時的大火車頭般，緩緩地，但也確實地停了下來。當他於一九六七年嚥下最後一口氣時，他的體重僅剩下四十五公斤。

他的孩子裡，也有幾個受同樣的病痛折磨而殞命，葛斯利的遺族因此在日後成為倡導撲滅亨汀頓氏舞蹈症的旗手。遺憾的是，這種疾病的病因至今仍未有完整的解釋，有效的療法當然也尚未被發現。

有人認為葛斯利在流行音樂中的地位，堪與查理・帕克在爵士樂中的地位匹敵。若當初少了他們倆，這兩種類型的音樂的形態將和現在截然不同。或許這比較真的有道理，他們倆的確都是原創性十足的創作者、改革者。不過葛斯利與帕克對音樂的貢獻，在方向上其實是南轅北轍。帕克從即興演奏這種構造性的方向劇烈地撼動了爵士樂，不僅提升了爵士樂的自發性與創造性，同時還將這個音樂類型提升到一個更高的層次。相較之下，葛斯利的成就與其說是為音樂帶來構造性的改革，不如說是綜合幾種既有的音樂類型，創造出一種嶄新的基本規則。換個說法，伍迪・葛斯利憑著單打獨鬥，建立了正確的音樂（至少就他的認知而言）所不可或缺的「精神支柱」。

對葛斯利而言，音樂必須是一種追求決不動搖的原則的手段，因此必須具有符合這個動機的必然形式。而他為此所建立了一種十分淺顯易懂、樂觀進取、簡潔明快的原則：音樂的創作者與演唱者，非得具備一種值得向大眾傳遞的訊息不可，而且這種傳遞必須以自然的方式進行，同時必須正確而有效。雖然娛樂價值是音樂不可或缺的必要條件，但其中也非得蘊藏某種目的或意義不可；其中尤以悲天憫人的情懷最為重要，任何時髦的要素都不再重要。只要有一把吉他、一副嗓子，一切便已足夠。

對葛斯利來說，這就是音樂的基本目的。他熱力十足的訊息，在獲得音樂的加持後可謂如虎添翼，因此得以展開一場燦爛奪目的翱翔。而由於這訊息份量過於厚實，音樂也必須力求簡樸。他融合了來自舊大陸的民謠、南方民俗（Bluegrass）音樂、牛仔歌曲、黑人藍調等類型，創造出他特有的音樂風格。這種風格雖然樸素單純，同時卻也十分剛強堪用。最重要的是，這種風格並非來自其他任何人，而是自然而然地發自葛斯利內心深處的心聲。

他這種牢固、剛直的音樂態度，日後一脈相傳地為許多正統派民謠歌手、鮑布・迪倫、乃至布魯斯・史賓斯汀所承襲。在欣賞詹姆斯・泰勒（James Taylor）那運音（articulation）清楚明瞭的演唱時，不時會聯想到葛斯利的歌聲。在約翰・麥倫坎（John Mellencamp）或布萊恩・亞當斯（Brian Adams）的叛逆形象，也多少讓人連想到葛斯利一貫的孤傲性格。從藍色少女合唱團（Indigo Girls）那簡潔的音樂形式中，甚至不難嗅出一股承襲自葛斯利樂風的樸實。

上述歌手有幾個共通點，其中之一就是不論情況如何改變，他們都決不會以歌聲為布希政權（或任何類似的政權）背書。就這層意義上，葛斯利的精神至今依然通用無礙，依舊是一個存續於時下社會的有效指標。葛斯利本人的人生或許充滿矛盾與混亂，而且他的理念在現實生活中的實踐，或許也頗為局限。隨著共產主義退出歷史舞台，左派這個概念實質上已從我們的社會上消失。而隨著社會急遽的複雜化與多元化，就連壓迫與階級的基本定義都已經變得十分曖昧模糊。但葛斯利那貫徹始終的態度，也就是立志為受壓迫的人們爭取社會正義＝social justice的精神，以及支撐這股精神的、甚至有幾分天真浪漫的理想主義，以經由許多有志一同的樂手們所承襲，至今依然頑固地——甚至到了出乎意料的程度——保有它的力量。而他那以栩栩如生的文筆，鉅細靡遺地親手記錄下歷史情境的國民詩人傳統，也找到了些許繼承者。

伍迪·葛斯利的音樂絕對稱不上洗鍊，而且譜曲的能力也算不上優秀。他的嗓音並不出色，樂器的演奏技巧也無甚突出。但他對自己的這些條件限制都很清楚。記得他曾如此說過：「我所唱過的許多歌曲，到頭來都不過是同一首歌。」。他創作了許多音樂，但多半是「僅此一次」的作品，一旦唱完他就忘個精光了。據說他畢生共創作了一二〇〇首歌，但大多數都只留下詞而沒有曲（因此比利·布瑞才會為其中部分譜下新曲）。看來葛斯利似乎認為旋律不過是抒發訊息的載具，一旦達成使命，即使消失無蹤也不足惜，和終將塵歸塵、土歸土的世間萬物沒有任何不同。不過葛斯利的靈魂至今卻依然長存；既沒有被那場劇烈的沙塵暴吹得煙消雲散，也沒為時代的洪流所淹沒。

一九五〇年代起，他的音樂終於為世間所接受，但此時全美國在麥卡錫（Joseph McCarthy）的指揮下，吹起了一股激烈的反共旋風，葛斯利也被冠上共產黨宣傳活動幫兇的罪名，被迫短期入獄服刑，好不容易和大唱片公司簽到的合約也就此告吹。他所遺留的錄音在質和量上都不甚理想，其實就是因為這個緣故。但是伍迪．葛斯利的音樂卻完全不受這些障礙所影響，至今依然縈繞在我們的耳裡。

約翰．史坦貝克曾如此為文描述過伍迪．葛斯利：

「伍迪就是伍迪。成千上萬的人都不知道他還有什麼其他名字。一把吉他、一副嗓子，這就是他。他為一群人歌唱，而我認為他甚至成了這群人的化身。帶點鼻音的粗獷嗓音，以及宛如倚在生鏽輪框上的換胎棒般掛在肩上的破吉他。伍迪這個人不帶一絲甜蜜，他所演唱的歌曲也不帶一絲甜蜜。但願意聆聽的聽眾會發現一個更重要的東西：一股容忍與對抗壓迫的意志。我認為這就是美國精神。」

不必多說，音樂不論功能、目的或樂趣都是五花八門、形形色色，而且完全沒有優劣之分。但伍迪・葛斯利窮其一生極力守護的音樂形式，不論到什麼樣的時代，想必都將是值得我們滿懷敬意好好珍惜的瑰寶之一。

①譯註：原文作Purple Haze，為吉米・罕醉克斯於一九六七年推出的名曲。

②譯註：原文作Hobo族，意指在美國從十九世紀末到二十世紀初的不景氣時代中，四處流浪靠打零工維生的流浪漢，後來衍生出一種孕育出獨特的民謠、文學、與電影等藝術作品的次文化）

後記

從以前就希望能好好坐下來寫些樂評，可惜一直沒碰到這種機會。具體說來，最想做的是以五十至六十張稿紙評論一個主題，持續寫出一個系列。可惜的是，老是找不到一個適合刊載這種規模的文章的媒體。最理想的形態是僅有讓人專心閱讀的文字，但若是和音樂毫不相干的媒體，應該也不太搭調。相反地，與樂界走得太近的專門雜誌，或許也得擔心碰到形形色色難以處理的問題……某次當我和音響季刊《立體聲》（*Stereo Sound*）的總編輯小野寺先生聊到這個話題時，他竟然提議：「那麼，要不要在我們雜誌連載試試？」雖然這些文章純粹談音樂，和音響幾乎無關，但他表示隨我想寫什麼就寫什麼、想寫多長就寫多長，我就抓住這個機會自由地利用起這個空間了。

由於每寫一個主題都得花上許多時間，因此三個月一次的出刊周期對我其實還頗為理想。若換成是月刊，我恐怕再怎麼拼也趕不來吧。因此我得以在家中閉關，任由唱片和CD堆滿整張書桌，仗著充裕的閒暇時間寫下這些文章，幾乎廢寢忘食……雖然也沒到這種程度，但這可不是個輕輕鬆鬆、簡簡單單就能完成的工作。不過雖有點辛苦，但撰寫關於音樂的文章，還是讓我感受到一種無可取代的愉悅；光是能邊聽音樂邊工作就夠讓我開心了。再者，能系統性地重新聆聽這前半輩子以形形色色的形式瑣瑣碎碎地（或開開心心地）欣賞到的音樂，也讓我得以追溯自己一路走來的心靈軌跡，並為其做整理、分析，再次編纂成屬於自己的資料，對我而言是個極其有趣、值得玩味的過程。

雖然不是在找藉口，但把對音樂的感覺轉換成文字，可不是個簡單的差事。這種困難或許和以正確的語言陳述對食物口味的觀感有點相像。唯有徹底推翻這種感覺，對其進行拆解，並以另一種觀點重新構築，方能傳達出這種觀感的骨幹。要處理、解決這個困難，對靠寫文章吃飯的我來說也是個不小的挑戰。到頭來成果究竟是好是壞，自己也無法判斷。總之我唯一能承認的，就是我已經盡了全力。

仔細想想，書和音樂就是我人生的兩個最大關鍵。我父母並不特別喜歡音樂，小時候家裡連一張唱片也沒有。也就是說，我並不是在一個能自然地欣賞音樂的環境裡長大的。即使如此，我還是靠「自修」學會了欣賞音樂，並從某段時期開始認真地投入了這個嗜好。零用錢幾乎都花在買唱片上，一把握到機會也會去欣賞現場演奏。即使窮到餓肚子都不能不聽音樂。只要是好音樂，任何類型我都是來者不拒。不論是古典、爵士、搖滾，我悉數照單全收；這習慣也一直維持至今。不管是什麼類型，只要是好音樂我就決不錯過，碰到真正出色的傑作更是會為之感動。有時這種感動，甚至還為我的人生帶來了明顯的改變。

同時我也熱中閱讀。從十來歲起到二十歲前，我閱讀了比周遭的任何人都多的小說。我敢肯定在那個時期，沒幾個人會看這麼多書。不僅圖書館裡的主要書籍幾乎全讓我讀完，而且還讀得頗深入。碰到喜歡的書，甚至還可能讀個四五遍。像這樣看書、聽音樂（偶爾也和女孩子約會），幾乎就是我青少年時期生活的一切。學校？念書？對這些字眼好像也有點似曾相識，不過我記不大得了。

理所當然的，把文學或音樂當職業就漸漸成了我的願望，到頭來我選擇了音樂。大學畢業後沒打算上班，考量過該做什麼之後，我就開了一家爵士咖啡館。當時開這家店的動機很簡單，還不就是為了能從早到晚聽音樂。雖然以現在的眼光來看實在是傻得可以，但當年的我以為人生就是這麼單純。

當時並沒有想到把執筆當職業。當然若有機會，我肯定樂意投身這條路。因為我原本夢想成為一個編劇，為此大學還進了電影戲劇系。不過當時我認為自己基本上缺乏寫作的才華，因為書看得過於投入，教我無法想像自己寫作或創作起來會是副什麼模樣。長年以來當了太久的觀眾，已經無法再想像自己當起創作者會是什麼情況了。而且對我來說，小說實在太過偉大，從不認為自己也有資格成為一個小說創作者。

總而言之，我最初的職業並非文學，而是音樂。而且我也非常喜歡那份工作。從早到晚聆聽我鍾愛的爵士唱片，每逢周末還安排樂團演奏。樂迷們紛紛前來聚集，從早到晚聊的都是音樂。一看到電影《失戀排行榜》（High Fidelity），便想起自己當年的模樣，回想起來還真是可笑。總之有好一段漫長的歲月，我的生活完全繞著音樂運轉；但後來心中逐漸湧起一股「好像少了什麼」的感覺。或許老是當個聽眾（recipient），此時已開始讓我感到意猶未盡了吧，雖然原本從沒想到有朝一日會有這種想法。現在看來，那就是我人生的轉捩點了。因此在二十九歲那年，我突然開始寫起小說，就這麼成了個小說家。

記得成為專業小說家後，我大概有五六年幾乎沒再聽爵士樂，也幾乎沒再碰過原本十分寶貝的唱片珍藏。不知這是對自己長年以音樂為職業的反彈、還是對自己長年不過是個聽眾的反彈？原本是那麼的喜歡爵士樂（而且至今還是喜歡），當時卻完全提不起聽這些音樂的興趣。因此有好幾年的時間，我對爵士樂都是敬而遠之，儘聽些古典音樂和搖滾樂。當然，後來到了某個時點，我和爵士樂終於達成和解，讓爵士樂得以再度強勢地君臨我的音樂生活。

說老實話，在這之前我從沒積極地寫過多少音樂相關的文章。雖然曾接過幾個和音樂有關的案子，但寫的不過是些很短的文章。原因是我心中有著一股強烈的堅持——「拒絕再讓音樂踏進我的工作領域」，我盡可能只求在個人生活中享受音樂所帶來的樂趣，而不想讓工作再度破壞我這種自然的樂趣。再者，我也不想再對音樂做必要以上的分析。聽到好音樂就憑直覺享受，只要有時能得到些許感動，應該就能讓我心滿意足了。不過到了最近，一股覺得該開始談談音樂的慾望逐漸在我心中增強；我開始覺得身為一個誠實的——至少我希望自己是——音樂聽眾，同時又是個職業作家（在這份工作上，誠實可就成了理所當然的前提條件了），或許也該開始認真地執筆聊聊音樂了。這或許代表一個心理上的階段已經告一段落了吧。至於這是個什麼樣的階段，詳情我就不甚清楚了。總之心中確實有這麼一股莫名但確切的感觸。

這本書就是我這個嘗試的成果之一。由於我並不是個音樂專家，因此既無法做學問上的精密分析，在資料的鑽研上或許也稍嫌粗糙；文章中所使用的用語，或許也不及原意精準；而且，由於在音樂觀和世界觀上有不少個人偏見，或許會讓讀者產生反感。雖然我已經試圖盡量以公正的標準修飾自己的偏見，但理所當然的，偏見和公正是無法和平共存的。請容我在此為這個（可想見的）缺陷致歉。當然，道這個歉並不是為了請求寬恕，只是希望能讓各位知道我這些文章並非十全十美。不過，或許在世上某個角落已經有人發現這點了吧。

不過即使並不完美，只要收錄在這本書裡的文章能多少讓讀者產生一些音樂方面的共鳴，對我而言就是個至高無上的成就了。「噢，有道理，就是這麼回事。」，這就是我希望這些文章能帶給大家的感覺——音樂方面的共鳴。另外，若各位在閱讀本書時能心想：「該更深入地聽更多音樂了」，我的期望就等於完全實現了。基本上用心而非用腦——理由或許是頭腦的裝備並非十全——寫文章，就是我們的職業本分。

「給我搖擺，其餘免談」這個書名，當然是取自艾靈頓公爵的「It Don't Mean A Thing, If

It Ain't Got That Swing」，不過取這個書名絕非只是個文字遊戲。雖然「給我搖擺，其餘免談」這句話在坊間已經成了描述爵士樂精髓的至理名言，但我藉這些文章所做的嘗試，是採一個逆向觀點，也就是探討這「搖擺」究竟來自何處、研究這「搖擺」之所以成立的原因與條件。這裡的「搖擺」應該解釋成所有音樂共通的旋律（groove）或起伏，無論在古典音樂、爵士樂、搖滾樂、藍調中都找得到，是某種讓好而真實的音樂得以成立的「東西」＝something else。我希望嘗試的，就是以自己的語彙，在能力許可範圍內追尋這種「東西」。

一如前述，我每次都是想寫什麼就寫什麼、想寫多長就寫多長，再將稿子交給《立體聲》，但雜誌當然有篇幅考量，因此常會發生「寫得未免也太多了」的狀況。雖然小野寺先生已經盡量幫我騰出空間，但有時畢竟無法完全克服篇幅上的限制。碰到這種時候，我們只得配合版面大量刪文。至於本書所收錄的，則悉數是一刀未剪的原文。因此有些文章和雜誌上連載的版本有極大出入，這點還希望大家多多體諒。另外，原文中曾有遺漏、誇張、謬誤，與事實不符之處，在編纂本書時均已利用機會改寫、修正。也容我藉此機會向提供傳略與資料的《CD期刊》的柴田修平先生致謝。

雖然不知會是何時，但衷心企盼有朝一日能以其他形式，再度和大家好好聊聊音樂。

二〇〇五年十月

村上春樹

藍小說949

給我搖擺，其餘免談

作　者—村上春樹
譯　者—劉名揚
副總編輯—葉美瑤
編　輯—黃嬿羽
美術設計—山今工作室
執行企劃—黃千芳
校　對—劉名揚、黃嬿羽

董事長—趙政岷
出版者—時報文化出版企業股份有限公司
108019台北市和平西路三段二四〇號三樓
發行專線—（〇二）二三〇六—六八四二
讀者服務專線—〇八〇〇—二三一—七〇五・（〇二）二三〇四—七一〇三
讀者服務傳真—（〇二）二三〇四—六八五八
郵撥—一九三四四七二四時報文化出版公司
信箱—10899台北華江橋郵局第九十九信箱
時報悅讀網—http://www.readingtimes.com.tw
電子郵件信箱—liter@readingtimes.com.tw
法律顧問—理律法律事務所　陳長文律師、李念祖律師
印　刷—紘億彩色印刷有限公司
初版一刷—二〇〇八年六月九日
初版六刷—二〇二二年九月二十六日
定　價—新台幣二六〇元

時報文化出版公司成立於一九七五年，
並於一九九九年股票上櫃公開發行，於二〇〇八年脫離中時集團非屬旺中，
以「尊重智慧與創意的文化事業」為信念。

ISBN 978-957-13-4858-2
Printed in Taiwan

給我搖擺，其餘免談／村上春樹著；劉名揚譯.
-- 初版. -- 臺北市：時報文化, 2008.06
面：　　公分. --（藍小說；949）

ISBN 978-957-13-4858-2（平裝）

861.6　　　　97009050